William
Shakespeare

新译 莎士比亚全集

HENRY IV（PART 1）

【英】威廉·莎士比亚——著

傅光明——译

亨利四世（上）

天津出版传媒集团

天津人民出版社

图书在版编目(CIP)数据

亨利四世.上 / (英) 威廉·莎士比亚著；傅光明
译. -- 天津：天津人民出版社, 2020.4
（新译莎士比亚全集）
ISBN 978-7-201-15879-2

Ⅰ.①亨… Ⅱ.①威… ②傅… Ⅲ.①历史剧-剧本
-英国-中世纪 Ⅳ.①I561.33

中国版本图书馆 CIP 数据核字(2020)第 050880 号

亨利四世. 上
HENGLISISHI. SHANG

出　　　版	天津人民出版社
出 版 人	刘　庆
地　　　址	天津市和平区西康路 35 号康岳大厦
邮政编码	300051
邮购电话	(022)23332469
网　　　址	http://www.tjrmcbs.com
电子信箱	reader@tjrmcbs.com
责任编辑	孙　瑛
装帧设计	李佳惠　汤　磊
印　　　刷	河北鹏润印刷有限公司
经　　　销	新华书店
开　　　本	880 毫米×1230 毫米　1/32
印　　　张	6.25
插　　　页	5
字　　　数	120 千字
版次印次	2020 年 4 月第 1 版　2020 年 4 月第 1 次印刷
定　　　价	58.00 元

目　录

微信扫描二维码,加入读者圈,可获得以下服务:

1. 获取新译莎士比亚全本导读。

2.与译者、读者交流读莎翁心得体会。

3.获取更多周边视听资源。

剧情提要

　　为救赎篡夺王位、谋杀堂兄理查二世的罪恶,亨利四世打算立刻征召一支大军,远征耶路撒冷,驱逐那些异教徒。这时,威斯特摩兰带来威尔士传来的消息,马奇伯爵莫蒂默所率英军被"叛军"打败,成了俘虏。而此前,布伦特爵士刚给国王带来霍尔梅敦激战的最新消息:英勇的"暴脾气"霍茨波战胜了道格拉斯的苏格兰军队,并将其长子擒获,且拒不交出战俘。

　　伦敦东市街的野猪头酒店中,亨利王子在和刚灌下一肚子萨克老酒的约翰·福斯塔夫爵士耍贫斗嘴。波恩斯建议他们去坎特伯雷拦路抢劫一群富商,发笔横财。亨利王子在世人眼中是一个无用的纨绔,整天跟一些游手好闲的人鬼混。但实际上他把这些人看得很透,并不喜欢福斯塔夫他们无聊的把戏。他立志要仿效太阳,在关键时刻一鸣惊人。王宫里,霍茨波的叔叔伍斯特伯爵对国王出言不逊，诺森伯兰也为儿子拒不上交俘虏辩解。霍茨波直接表示，国王若不把莫蒂默花钱赎回来，绝不交俘虏。国王认定莫蒂默已成反贼，严厉警告霍茨波不交战俘，后果自负。

国王走后，霍茨波异常愤怒，决定与格兰道尔、道格拉斯、莫蒂默和约克大主教斯克鲁普联合起来，组织一支军队对抗国王。他对即将展开的军事行动充满信心，与夫人告别后奔赴战场。与此同时，宫外的野猪头酒店里，王子在和店伙计弗朗西斯逗闷子。

霍茨波到达格兰道尔城堡，与伍斯特、莫蒂默、格兰道尔一起商议结盟起兵之事。霍茨波脾气火爆，说话咄咄逼人，顶撞了格兰道尔。然后，准备结盟的三方为谋反成功后如何划分土地发生分歧。格兰道尔离开后，伍斯特和莫蒂默都对霍茨波的固执和任性表示了批评。

伦敦的王宫中，众臣退下后，国王直接谴责王子不务正业，王子一面为自己辩解，希望父亲不要轻信谣言，一面积极承认错误，请求宽恕。国王用亲身经历开导王子如何赢得民心，还称赞霍茨波很有自己当年的风采。王子深知父王一片苦心，发誓要用霍茨波的人头为自己赎罪。国王听了倍感欣慰。

野猪头酒店里，福斯塔夫、巴道夫在一起斗贫、打趣。王子从王宫回到酒店后教训了福斯塔夫，并告诉他，抢来的钱财已经归还，还为他谋了一个军职，统领一队步兵，等候领军饷和添置装备的命令。什鲁斯伯里附近叛军营地。霍茨波得到父亲诺森伯兰伯爵送来的信，说他重病在身，不能参战。霍茨波认为父亲不来并不会影响战局。国王的军队到了什鲁斯伯里，霍茨波恨不能当晚决战。伍斯特发现国王兵马数量占优，劝霍茨波等一切就绪再说。这时，国王派布伦特爵士前来议和，开出的条件十分优厚。霍茨波认为国王会出尔反尔，毫无诚意。约克大主教得知什鲁斯伯里的军情之后，感到霍茨波想要胜利非常困难，所以开始给朋友们写信求援。

伍斯特和弗农去国王的营帐会谈。亨利王子称为了避免双方流血，愿意与霍茨波两人决斗。国王应允，并告知伍斯特，只要叛军答应和平条件，他便宽恕他们。伍斯特认为国王不可能遵守承诺善待他们，决定不让霍茨波知道国王提出的条件。回到军营，伍斯特直接告诉霍茨波开战。两军在什鲁斯伯里平原交战。道格拉斯杀死了假扮国王的布伦特爵士，误以为杀了国王。亨利王子负伤后坚决不肯撤下，在道格拉斯与国王交战，国王身处险境时，王子及时出手相救，道格拉斯败逃。

王子与霍茨波狭路相逢，两人交手。福斯塔夫吓得赶紧装死。最终霍波茨重伤倒地死去，国王的军队大获全胜。国王下令处死伍斯特和弗农。王子请求国王由他处置被俘的道格拉斯。王子敬佩道格拉斯作战勇敢，把他放了。福斯塔夫认为自己会随机应变，是"凭着大勇"装死保命。

　　最后,国王宣布新的平叛作战计划:约翰亲王和威斯特摩兰以最快速度赶往约克,迎战诺森伯兰和斯克鲁普大主教;国王和王子前往威尔士,迎战格兰道尔和马奇伯爵(莫蒂默)。

剧中人物

亨利四世	King Henry Ⅳ 原亨利·布林布鲁克,兰开斯特公爵
亨利王子	Prince Henry 威尔士亲王,哈尔或哈里·蒙默斯
约翰亲王	Prince John 兰开斯特勋爵,前者之弟
威斯特摩兰伯爵	Earl of Westmorland
沃尔特·布伦特爵士	Sir Walter Blunt
约翰·福斯塔夫爵士	Sir John Falstaff
爱德华或内德·波恩斯	Edward or Ned Poins
皮托	Peto
巴道夫	Bardolph
亨利·珀西	Henry Percy 诺森伯兰伯爵
托马斯·珀西	Thomas Percy 伍斯特伯爵,前者

	之弟
霍茨波（"暴脾气"）	Hotspur 亨利或哈里·珀西，诺森伯兰之子
埃德蒙·莫蒂默勋爵	Lord Edmund Mortimer 马奇伯爵，霍茨波之妻兄
欧文·格兰道尔	Owen Glendower 威尔士勋爵，莫蒂默之岳父
道格拉斯伯爵	Earl of Douglas 苏格兰贵族
理查·弗农爵士	Sir Richard Vernon
理查·斯克鲁普	Richard Scroop 约克大主教
迈克尔爵士	Sir Michael 约克大主教之家人
珀西夫人（凯特）	Lady Percy（Kate） 霍茨波之妻，莫蒂默之妹
莫蒂默夫人	Lady Mortimer 莫蒂默之妻，格兰道尔之女
挑夫甲（马格斯）	First Carrier（Mugs）
马夫	Ostler
挑夫乙（汤姆）	Second Carrier（Tom）
盖德希尔	Gadshill
掌柜的（酒店负责客房）	Chamberlain
旅客甲	First Traveller
旅客乙	Second Traveller
弗朗西斯	Francis 酒店学徒或酒保

酒商（酒店老板）   Vintner

老板娘桂克丽（"桂嫂"）   Hostess Quickly 酒店女老板

治安官   Sheriff

仆人   Servant

信差   Messenger

众臣,兵士,其他旅客及随从等

地点

英格兰及威尔士各地

亨利四世（上）

第一幕

第一场

伦敦。王宫

（国王、兰开斯特的约翰勋爵、威斯特摩兰伯爵、沃尔特·布伦特爵士及其他众人上。）

亨利四世 整个王国如此动荡，满目疮痍，让我们叫惊恐的和平喘口气，喘息着宣告，新的战争即将在遥远的海岸打响①。这片国土，不再以亲生骨肉的鲜血涂抹双唇②；不再用战壕犁耕田野；不再任凭敌人的铁骑蹂躏小小的花朵。那些仇恨的眼睛，像混乱的夜空中的流星，原本气③质同一，血脉相承，近来却手足相残，在内战的屠场上激烈交锋，短兵相接。眼下，我们要携

---

① 为稳定动荡不安的国内局势，亨利四世打算远征耶路撒冷。

② 参见《旧约·创世记》4：11：该隐杀弟之后，上主责问他："你杀他的时候，大地张开口吞了他的血。"

③ 古天文学家认为，雷、电、流星均由太空中的气体构成。

起手来，步调一致，向同一方向迈进，不再与亲朋、盟友为敌。内战的锋刃，活像一把尚未入鞘的宝剑，最易弄伤它的主人。因此，朋友们，你们现在就是基督的战士，在他神圣的十字架下，誓师远征，杀向基督的坟墓①——我们要立刻征召一支大军：英国人的双臂②是在娘胎里铸就，我们要去圣地③，到基督圣足临幸过的田亩，把那些异教徒驱逐；一千四百年前，为了我们的福祉，基督被钉在十字架上受苦④。这计划一年前我已有打算，对于挥师远征无须多言：召集诸位不为这事。——好了，我尊贵的兄弟威斯特摩兰⑤，请你告诉我，昨晚枢密院对发起这一重大的远征，做了什么决定。

威斯特摩兰　　陛下，昨晚我们对这当务之急的大事热

---

①　亨利四世计划向耶路撒冷圣地发起十字军东征。此处或是对《圣经》中"耶稣基督的忠勇战士"的化用，参见《新约·提摩太后书》2:3—4："作为耶稣基督的忠勇战士，你要分担苦难。一个入伍的兵士要争取长官的嘉许就不能让营外的事务缠绕他。"

②　亦指武器。

③　亦指战场，意为欲将耶路撒冷变为战场。

④　《圣经·新约》"四福音书"都有"耶稣被钉十字架"的详尽叙事。《约翰福音》20:24—25"耶稣和多马"："当耶稣显现时，十二门徒之一的多马（绰号双胞胎的）没跟他们在一起。所以其他门徒把自己已经看见主的事告诉多马。多马对他们说：'我绝对不信，除非我亲眼看见他手上的钉痕，并用手指头摸那钉痕，摸他的肋旁。'"

⑤　威斯特摩兰的妻子是亨利四世同父异母的妹妹。

议了一番，并做出许多相应的军事布置，但恰在此时，从威尔士来了一个信差，满带着不幸的消息；最糟的是，——高贵的莫蒂默率赫里福德郡①的士兵迎战野蛮的格兰道尔叛军，却被威尔士人粗鲁的双手掳走，部下一千人被屠杀。威尔士女人对他们的尸体百般凌辱，如此残忍的兽行，不论由谁再讲或复述一遍，都莫不感到耻辱。

亨利四世　　看来，这叛乱的消息，要打断我们对圣地的远征。

威斯特摩兰　　仁慈的陛下，还有类似的坏消息接踵而来。北方传来更使人不安、令人纠结的消息，据报：圣十字架节②那天，英勇的"暴脾气"③，年轻的哈里·珀西与勇敢善战的

---

　　① 英格兰旧郡。

　　② 9 月 14 日为圣十字架节，亦称圣十字架发现节，或圣十字架荣归日。基督徒相信，真十字架是罗马皇帝君士坦丁大帝（Constantine the Great, 272—337）的母亲圣海伦娜，在公元 326 年前往耶路撒冷朝圣期间发现的。奉这对皇帝母子之命，在真十字架的发现地建造圣墓大教堂。九年之后，真十字架一部分献给教堂。真十字架有三分之一留在耶路撒冷，三分之一带回罗马，存在耶路撒冷圣十字圣殿，三分之一带到君士坦丁堡，护佑城池永不陷落。355 年，圣墓大教堂开启圣十字架节的祝圣仪式，为期两天，尽管 9 月 13 日是正式祝圣，但真十字架则在 9 月 14 日拿到教堂外，所有神职人员和信徒都在真十字架前祈祷，并上前表示崇敬。这一天，祝圣教士要身穿红色法衣。

　　③ "暴脾气"是哈里·珀西的绰号，指其孔武有力，性急如火，轻率鲁莽。

	苏格兰猛将阿切博尔德，在霍尔梅敦①狭路相逢，血战厮杀。这战况是信差根据双方炮声推测的，因为他在两军惨烈鏖战之时飞马来报，胜负输赢，无法确定。
亨利四世	这儿②有位亲爱的、精忠尽职的朋友，沃尔特·布伦特爵士，他刚下马，从霍尔梅敦到这王座之间，一路的泥土都沾在他身上了。他带来令人欣喜的消息：道格拉斯伯爵已经战败；沃尔特爵士亲眼所见，一万名英勇的苏格兰人和二十二名骑士，陈尸在霍尔梅敦原野他们自己的血泊里。"暴脾气"擒获的俘虏中，有败军之将道格拉斯的长子法伊夫伯爵莫达克③，还有阿索尔、默里、安格斯、蒙蒂斯④四位伯爵。这不是高贵的战利品吗？还不算战果辉煌？哈，兄弟，不是吗？
威斯特摩兰	实话说，这是值得君王骄傲的战绩。
亨利四世	是啊，但你的话又令我沮丧，让我犯下嫉

---

① 诺森伯兰郡一城镇，在此指霍尔梅敦战场。

② 这儿，指在宫里。

③ 莫达克的确是历史上的法伊夫伯爵，但并非道格拉斯之子。此处是莎士比亚误读了他写戏的重要素材来源，霍林斯赫德的《编年史》。

④ 蒙蒂斯乃莫达克的头衔之一，并非又一伯爵。

妒之罪①,嫉妒诺森伯兰伯爵的儿子这么有福气:他是众口称颂的焦点,是林海最挺拔的秀木,是命运女神的宠儿、骄子。眼见他受人赞誉,再看我儿子,年轻的哈里,眉宇间却玷污了放荡和不名誉。啊!但愿能证明,有哪个夜游的小精灵②把这两个孩子在襁褓中调了包儿,我儿子叫"珀西",他儿子叫"普朗塔热内"③:这样,他的哈里归我,我儿子归他。算啦,我儿子不提也罢。——兄弟,小珀西如此骄横,你怎么看?他捎话儿给我,擒获的俘虏,除了法伊夫伯爵莫达克,其余的他全要留下④。

威斯特摩兰　都是他叔叔伍斯特教的。伍斯特对陛下,各个方面都有不臣之心;才使得这小子居功自傲、趾高气扬,年少气盛,冒犯了

---

①　嫉妒,《圣经》中所提人类的七宗罪之一。参见《新约·罗马书》1:29:"他们充满着各样的不义、邪恶、贪婪、恶行;也充满着嫉妒、凶杀、争斗、诡诈和阴谋。"《新约·提多书》3:3:"我们从前也是无知、忤逆和迷失的;我们做了各种情欲和享乐的奴隶,生活在恶毒和嫉妒中,互相仇恨。"

②　英格兰民间传说,有调皮捣蛋、喜欢恶作剧的小精灵夜游时偷走或掉换婴儿。

③　亨利王朝的王室姓氏。亨利王朝亦称"金雀花王朝",也称"安茹王朝"。

④　按英国封建时代的战争惯例,胜利者不得擅自扣留擒获的血统高贵的王公,应交国王或统帅处置。因莫达克身有王家血统,亨利四世有权索要。至于珀西要将其他全部俘虏据为己有,也并非无理之举。

君王之尊。

亨利四世　　　　不过，我已派人，要他对此事做出解释。这样一来，只得放弃远征圣地耶路撒冷的计划。兄弟，下周三我将在温莎宫召开会议①——你去通知各位大臣前来：之后，你火速回宫。我还有好多话要说，好多事要做；盛怒之下，有的话没法说，有的事没法做。

威斯特摩兰　　　　乐于效命，陛下。（下。）

---

① 指召开枢密院会议。

第二场

伦敦。具体地点不详，可能在王子住所

（威尔士亲王[①]亨利与约翰·福斯塔夫爵士上。）

福斯塔夫　　　喂，哈尔[②]，孩子，这会儿啥时候了？

亨利王子　　　你是萨克老酒[③]灌多了，吃过晚饭解衣扣
　　　　　　　睡觉，刚过中午，又躺在凳子上呼呼大睡，
　　　　　　　晕乎得忘了真想问的。现在啥时候跟你
　　　　　　　有什么鬼关系？除非每个钟头变成一杯
　　　　　　　杯萨克酒，每一分钟全变成阉鸡，时钟成

[①] 1194年，被誉为中世纪威尔士最伟大首领的卢埃林大王（Llywelyn the Great,
1172—1240）统一了威尔士，并向英格兰称臣纳贡。1267年，其孙"末世"卢埃林
（Llywelyn the Last, 1223—1282）趁英王爱德华一世（Edward I, 1239—1307）在法国战
事不利，自封威尔士亲王，宣布独立。1277年，英格兰对威尔士发动战争，"末世"卢
埃林战败身死。1284年，爱德华一世颁诏宣布威尔士归属英格兰，并把新出生的儿
子封为威尔士亲王，由此开创一个延续至今的传统：威尔士亲王成为"英国王储"的
同义词，威尔士亲王便是英格兰王位继承人。

[②] 亨利王子的昵称。

[③] 一种西班牙白葡萄酒。

了老鸨的舌头，日晷①成了妓院招牌，就连神圣的太阳也把自个儿变成一个身穿火红绸衣、肉欲十足的少妇，不然，我真想不出你有什么理由，闲着没事儿，非要问现在什么时候。

福斯塔夫　没错，哈尔，你算说到点子上了。像咱们这拦路抢劫的，靠的是月亮和七星②，又不跟"俊美的巡游骑士"福玻斯③为伍。我

---

① 亦指钟表表盘。
② 即昴宿星团，金牛座的一组星星。
③ 希腊神话中太阳神阿波罗（Apollo）的别名。传说每天随着太阳升起，阿波罗便开始驾着太阳神战车巡游。

请你,亲爱的调皮鬼,等你当了国王,——
上帝保佑殿下,——我该改称陛下,反正
你一点儿属灵的恩惠也没有,①——

亨利王子　　　什么,一点儿没有?

福斯塔夫　　　以我的信仰起誓,没有,——还不够吃鸡
蛋黄油时做一次餐前祷告②。

亨利王子　　　嗯,那又怎么样? 快点儿,照直说,说吧。

福斯塔夫　　　那好,以圣母马利亚起誓,亲爱的调皮鬼,
等你有朝一日当了国王,可别叫人把我们
这些昼伏夜出的侍从③,称作光天化日的
窃贼。要说我们是狄安娜④的居民,阴影
里的绅士,月亮的娇宠;要让人说我们行
为检点,我们像海水⑤一样受高贵、贞洁
的月亮女神的控制,趁着月色拦路抢劫,
分明是得了她的恩准。

亨利王子　　　说得好,句句在理。既然我们归月亮管,

---

① 原文中福斯塔夫在此句和下句连用三个"grace",取其三义:1.对"殿下""陛
下"的尊称;2."属灵的恩惠";3."餐前的感恩祷告"。

② 鸡蛋黄油是非常简单的便餐,餐前祷告非常短。福斯塔夫的意思是,身为"殿
下"的亨利王子美德少得可怜,还不够做一次"餐前祷告",希望他成为"陛下"之后,
要对他好。此句或有反讽清教徒的意味,因为在莎士比亚时代,清教徒常在用正餐之
前要做冗长祷告。

③ 此处,"夜"(night)与"骑士"(knight)双关。福斯塔夫形容自己昼伏夜出,颇有
点儿骑士的意味。

④ 罗马神话中的月亮和狩猎女神,是童贞的守护神。

⑤ 指海水的潮汐受月亮的影响。

命运也如大海涨落的潮汐一样，受月亮支配。打个比方：星期一夜里豁出命抢来一袋金币，星期二一早就花个精光；断喝一声"放下武器"①，钱到手；再喊几声"上酒"，钱没了；眼下，命运不济，好像海潮退到梯子脚儿；时来运转，命运的潮水又一下子涨到绞架的横梁②。

福斯塔夫　调皮鬼，主在上，你说得太对了。——咱这酒店的老板娘，是个甜腻腻的婆娘吧？

亨利王子　甜得像海布拉③的蜜，我的"老城堡"④。一件紧身皮夹克不也是一件经磨耐穿的可爱衣服吗？⑤

福斯塔夫　说什么呢，说什么呢，疯鬼！怎么着，在说双关语和俏皮话儿？我跟一件紧身皮夹

---

① 拦路强盗一般会在动手抢劫之前发出这一声断喝。

② 莎士比亚时代，行刑绞架的横梁非常高，罪犯须登梯而上。亨利王子在此以海水退潮到"梯子脚儿"和涨潮到"绞架的横梁"形容人生起落，自嘲强盗窃贼最终难逃上绞架被吊死的命运。

③ 西西里岛的一个城镇，以盛产蜂蜜著称。

④ 从"我的'老城堡'"，可以寻觅到莎士比亚最初给福斯塔夫起的名字是"奥尔德卡斯尔"（Oldcastle），即"老城堡"之意，后因避别人的名讳，改叫"福斯塔夫"。同时，"城堡"（castle）暗含"足枷"（stocks）之意。足枷是一种公共场所惩罚窃贼的囚禁刑具。也有可能，借此"城堡"暗指当时伦敦一家名为"城堡"的妓院。另外，当时俚语中的"城堡"有"阴道"之意。

⑤ "紧身皮夹克"指治安官穿的衣服，暗含"裸阴"之意。"经磨耐穿的衣服"暗指"囚服"，并含有性意味。亨利王子这句话的双关意思是："小心别让穿紧身皮夹克的治安官把你囚禁起来。"

克有屁关系？

亨利王子	那该死的，我跟酒店老板娘有什么关系？
福斯塔夫	有啊，你常招呼她来结账，好多回了①。
亨利王子	你自己那份账②，我可曾叫你付过？
福斯塔夫	没有，说句公道话，所有账都是你付的。
亨利王子	没错，只要掏得出钱③，别的账也是我付；没钱了，就先凭信用赊着。
福斯塔夫	是呀，有信用吃遍天，你是继承人，这儿④的人都知道，——可是，请问，亲爱的调皮鬼，等你当了国王，英格兰还有绞架吗？盗贼的勇气还照样受挫，叫法律这个老丑角儿用生锈的嚼子勒住吗？等你当了国王，一个贼也别吊死。
亨利王子	不，你去吊。
福斯塔夫	我去吊？哦，太棒了！我要当个好法官。
亨利王子	你已经判错了：我是说，让你当一个特棒的刽子手，把贼吊死。
福斯塔夫	好啊，好啊，哈尔。当刽子手也算对脾气，说实话，跟在宫里当官儿差不多。

---

① 含性意味。福斯塔夫言外之意是："你已跟酒店老板娘发生多次性关系了。"
② 含性意味。亨利王子言外之意是："你花在性事上的那笔开销。"
③ "钱"（coin）与木匠用的"楔子"（quoin）双关，暗指"阴茎"。
④ "继承人"（heir）和"这儿"（here）发音相近。

亨利王子	因为可以收诉状？
福斯塔夫	是呀，可以收些衣服①，刽子手衣柜里的衣服不老少②。我心里闹腾，活像一只公猫③，又像一头被链子拽着的熊。
亨利王子	还像一头老狮子，像一把情人求爱的琉特琴。
福斯塔夫	没错，还像林肯郡一支嗡嗡作响的风笛。
亨利王子	你说你闹得像不像一只野兔④，或摩尔底齐臭水沟⑤？
福斯塔夫	你这些比喻味道真难闻，你的确是一个最会打比方、调皮捣蛋，——又十分可爱的亲王。可是，哈尔，请别再拿这些鸡零狗碎的蠢话烦我了。但愿你我都晓得，哪儿有卖好名声的。前几天在街上，有位枢密院老臣当我面儿把你臭骂一顿。先生，我没搭理他。——不过，他的话挺在理，可我就不理他。——但他说得有理，何

---

① "（法律）诉状"（suits）和"衣服"（suits）是一个词，福斯塔夫显然领会错了亨利王子问话的意思。

② 按当时英国法律，刽子手有权保留被处死犯人的衣物。"衣柜"（wardrobe）或与"粗绞索"（wardrope）有双关意。

③ 指为获得性满足到处找女人混的男人。

④ 野兔在发情时变得十分狂野。

⑤ 当时伦敦城北墙外一条臭气熏天的排水沟。

况是在街上说的。

亨利王子　　你做得对，没人搭理他①。

福斯塔夫　　啊，你倒真会挑《圣经》里的句子，哪怕一
　　　　　　个圣徒也会被你带坏。你把我害惨了，哈
　　　　　　尔，——上帝宽恕你！认识你之前，哈尔，
　　　　　　我啥都不懂。如今，说句掏心窝子的话，
　　　　　　我没比一个坏蛋好多少②。我一定要放弃
　　　　　　这种生活，一定得放弃。不然，我就是一
　　　　　　个恶棍。我才不会为基督世界里一个国
　　　　　　王的儿子下地狱。

亨利王子　　杰克③，明天我们去哪儿弄钱？

福斯塔夫　　以上帝的伤口起誓，调皮鬼，去哪儿都
　　　　　　行，反正算我一个。我要是不去，就骂我
　　　　　　坏蛋，当众羞辱④我好了。

---

　　① 此语或是对《圣经》的化用，《旧约·箴言》1:20—24："智慧在街市上呼喊，在城门边和人群拥挤的地方高声呐喊：'愚蠢的人哪，……。'我在呼唤，你们不听；我邀请你们，你们全不理会。"

　　② 福斯塔夫或有意暗示自己以前像伊甸园里无知的亚当一样，认识哈尔之后，才知道自己有多坏，正如人类始祖亚当、夏娃偷吃禁果后，懂得了善恶，但同时失去了由无知带来的自由、祥和。

　　③ 是对福斯塔夫名字约翰的昵称。

　　④ 对一个骑士来说，被当众羞辱是一件非常丢脸的事。福斯塔夫言外之意，他是个骑士。

亨利王子

（波恩斯上。）

福斯塔夫

你真会悔改①！——祷告一完，就去抢钱。

怎么，哈尔，干咱这行是天命，哈尔：一个人为天命劳神，不算犯罪。②——波恩斯！——这下我们知道，盖德希尔③是否踩好点儿了。——啊，人的灵魂若靠行善才能得救④，地狱里可有灼热到煎熬他的火洞？这家伙是恶棍里的人尖儿，最会对老实人大叫一声："给我站住，拿钱来！"

---

① 参见《新约·马太福音》3:8："你们要结出果子来，与悔改的心相称。"3:11："我用水给你们施洗，表示你们已经悔改了。"《路加福音》15:7："一个罪人的悔改，在天上的喜乐会比自己已经有了九十九个无需悔改的义人所有的喜乐还要大呢！"16:30："假如有人从死里复活，到他们那里去，他们就会改邪归正。"《使徒行传》3:19："所以，你们要悔改，转向上帝，他就赦免你们的罪。"26:20："我现在大马士革和耶路撒冷，然后在全犹太和外邦人当中劝勉他们必须悔改，归向上帝，所作所为要符合他们悔改的心志。"

② 此处应为福斯塔夫化用《圣经》之语，为自己做坏事开脱罪责。参见《新约·哥林多前书》7:20："每个人应该保持蒙召时的身份。"《以弗所书》4:1："我是因侍奉主而成为囚徒的——你们行事为人都应该符合上帝呼召你们时所立的标准。"福斯塔夫言外之意是：劫道者是我要保持的"蒙召时的身份"，干这行当乃上帝呼召我时立下的标准。

③ "盖德希尔"（Gadshill），原指肯特郡常有盗贼出没拦路抢劫的"盖德山"（Gad's Hill），莎士比亚借此用来做盗贼的名字。

④ 指人的灵魂得到神的恩典。此处应是对《圣经》"称义"可得上帝拯救的化用，参见《新约·罗马书》3:20："没有人能靠遵守法律得以在上帝面前宣判为义。法律的效用不过使人知道自己有罪罢了。"3:28："我们的结论是：人得以跟上帝有合宜的关系只在于信，而不在于遵守法律。"《雅各书》2:24—26："一个人被上帝判为义是由其行为，而非仅仅靠信。妓女喇合的情形也一样。她被认为义人是由于行为，她接待犹太人的使者，又帮助他们从另一条路逃走。因而，正如身体没有气息是死的，没有行为的信也是死的。"

亨利王子	早安,内德①。
波恩斯	早安,可爱的哈尔。——"悔过先生"②说什么了?"萨克酒加糖的约翰爵士"③有何高见?——杰克,去年耶稣受难日④,为能享用一杯马德拉酒⑤和一只冷阉鸡腿,你答应把灵魂卖给魔鬼,那协议怎么写的?
亨利王子	约翰爵士说话算数,——魔鬼也会依约行事,因为"该归魔鬼的都归魔鬼",他对这句谚语从没食过言。
波恩斯	跟魔鬼讲信用,会下地狱的。
亨利王子	他要是骗魔鬼,早下地狱了。
波恩斯	好了,伙计们,伙计们,明天清早,四点,盖德山⑥那儿,有一群香客带着丰厚供品前往坎特伯雷,还有一些商人骑马去伦敦,钱袋儿鼓鼓的。面具我都给你们备好了,骑你们自己的马。盖德希尔今晚在罗

---

① 对内德·波恩斯的爱称。
② "悔过先生"是福斯塔夫的昵称。
③ 福斯塔夫有喝甜酒的嗜好。
④ 复活节前的星期五,这一天要严格斋戒。
⑤ 一种烈性的白葡萄酒。
⑥ 位于肯特郡靠近罗切斯特的多佛路,因劫匪经常出没而声名狼藉。由此前往坎特伯雷朝圣的香客常成为洗劫的对象。

切斯特过夜。明天晚饭，我订在东市街①。这笔生意可以做得像睡觉一样踏实。如果你们去，管保你们钱袋里塞满金币；要是不去，就待在家里，吊死算了。

福斯塔夫　听着，"叶德华"②，要是我待家里不去，你去了，我就告官，吊死你。

波恩斯　你去吗，大胖脸？

福斯塔夫　哈尔，算你一个？

亨利王子　谁？我，去抢劫？做贼？以我的信仰起誓，不干这事儿。

福斯塔夫　你要是连十先令的胆子也没有，那你既不守信，又没血性，还不够朋友，身上没半点儿皇家血统③。

亨利王子　那好，这辈子索性疯狂一回。

福斯塔夫　对喽，这才像话。

亨利王子　还是算了，我在家待着吧。

福斯塔夫　主在上，等你当了国王，我也叛变。

亨利王子　我不在乎。

波恩斯　约翰爵士，请让我跟亲王单独聊会儿。

---

① 东市街（Eastcheap），音译作"伊斯齐普"，伦敦一条街，起于坎农街与天恩寺街交汇处，延伸至高塔街，原为肉市、屠宰业及饭店中心。桂嫂的酒店在东市街。

② 福斯塔夫说话有口音，把波恩斯的名字"爱德华"（Edward）说成"叶德华"（Yedward）。

③ 福斯塔夫有调侃之意：皇家血统值十先令。

我把这次劫道的理由给他说清楚，他会去的。

福斯塔夫　好吧，愿上帝叫你有说服力，他的耳朵又肯听劝；愿你的话叫他动心，让他一听就信。① 如此一来，一个真王子，为寻开心，就成了一个假盗贼；反正这年头儿，可怜的为非作歹，得有人赏识、撑腰。再见，你们到东市街来找我。

亨利王子　再见，"暮春"先生！再见，"万圣夏"先生！②

（福斯塔夫下。）

波恩斯　听我说，可爱可亲的好殿下，明天跟我们一起去吧。我要开个玩笑，可我一人弄不成。我们设好埋伏，到时由福斯塔夫、皮托、巴道夫和盖德希尔去劫那些人：咱俩不跟他们一伙儿。等他们赃物一到手，咱再把东西抢过来；万一办砸了，我把肩膀上的脑袋割下给你。

亨利王子　可咱跟他们一起动身，到时怎么分开？

---

①参见《新约·罗马书》10：14："他们没有信他，怎能求他呢？没有听，怎能信呢？"《旧约·历代志下》18：20—21："有一个灵上前，到上主跟前说：'我去骗他。'上主问：'怎么骗呢？'那灵说：'我要使亚哈所有的先知说谎。'上主说：'去吧，你去骗他！你一定成功。'"

②"暮春"和"万圣夏"，意在以当令季节的延时，暗指福斯塔夫人老心不老，行为像年轻人一样轻率、鲁莽。"万圣夏"意即夏天过到了11月1日"万圣节"。

波恩斯　　　　　这简单，咱先跟他们定好碰头的地方，然后比他们稍早或稍晚出发，到时候故意不露面。这样，他们就会自己去抢；等他们一得手，咱再劫他们。

亨利王子　　　　不错，可他们能从骑的马、穿的衣服和身上随便什么东西，把咱俩认出来。

波恩斯　　　　　啧！咱俩的马，我拴在林子里，不让他们看见。咱俩的面具，跟他们一分手就换掉。还有，伙计①，我为此专门备了两套粗布衣服，到时往身上一套，没人认得出来。

亨利王子　　　　嗯，但我担心咱俩打不过他们。

波恩斯　　　　　哈，我心里有数，其中两个天生胆小，遇到事掉头就跑。还有一个，假如他见势不妙，还敢恋战，我发誓从此不再舞刀弄剑。这玩笑的精妙在于，等晚上咱们一起聚餐时，这个胖无赖会天花乱坠编出一套谎言：吹自己至少同三十个人混战，如何攻防自如，如何身陷险境、绝处逢生。然后，咱们戳穿他的谎言，叫他出丑，玩笑一锤定音。

亨利王子　　　　好，我跟你一起去。把所需的一切准备

① 此为波恩斯对亨利王子的玩笑称谓。

| | 好，明晚^①在东市街碰面。我在那儿吃晚饭。再见。 |

波恩斯　再见，殿下。（下。）

亨利王子　我把你们这帮人看透了，但对你们无聊的撒野胡闹，我也暂时凑个数。这种场合，我要仿效太阳^②：暂时允许恶浊的乌云，向世人遮住它的壮美。但当它来了兴致，只要它愿意，它便冲出要把它窒息的邪恶、丑陋的云雾，再现辉煌，令久违了的人们更为惊叹。倘若人们一年到头休假玩耍，游乐便像工作一样冗长乏味；人们期盼假期，只因以稀为贵；也只有稀罕事，能叫人兴致满怀。因此，我一旦抛弃放浪形骸，还清从未承诺要还清的欠债，我一定远比允诺过的做得更好，从此破除世人对我的偏见。像暗底衬托发亮的金属，我要让自新在过错上闪光；只有错误陪衬下的改过，更显精进、更引人注目。

　　只把这次犯错当成一种手段，
　　要出人意料赎回失去的时间。^③（下。）

---

①　有专家以为，此处或为莎士比亚笔误，"明晚"碰面应为"明早"碰面，因要一起去劫道。但有专家解释，"明晚"的碰面指抢劫得手以后的聚餐。

②　有专家以为，"太阳"是皇室的象征。

③　亨利王子的言外之意是：我要在人们意想不到的时候改过自新。

第三场

伦敦。王宫

（国王、诺森伯兰、伍斯特、霍茨波、沃尔特·布伦特爵士及众人上。）

亨利四世　　　　我太没有血性，又过于冷静，对这些侮辱
　　　　　　　　毫不动怒。你们见我如此没脾气，便要践
　　　　　　　　踏我的耐心。不过，听好，从今往后，我要
　　　　　　　　显露君王本色，彰显威权，令人生畏；不
　　　　　　　　能任由我的天性，像油一样滑腻，像小绒
　　　　　　　　毛一样柔软，因此，我已失掉君王应有的
　　　　　　　　尊严，而骄傲者从来只向骄傲者致敬。

伍斯特　　　　　至高无上的陛下，我们家族不应受到如
　　　　　　　　此严厉的对待；何况当初，因为我们出手
　　　　　　　　相助，陛下才享有今天的威严。

诺森伯兰　　　　（向国王。）陛下——

亨利四世　　　　伍斯特，你先退下；我从你眼睛里看到了
　　　　　　　　险恶与不忠：啊，先生，你在我眼前一站，

Hotspur. My liege, I did deny no prisoners.

Act I. Scene III.

那架势有多么骄狂、专横;君王决不容忍臣仆的眉宇间,露出凶险的神情。我准你立刻离宫;需要你效劳或前来议事,我再派人召你。(伍斯特下。)——(向诺森伯兰。)你刚有话要说?

诺森伯兰　是的,陛下。以陛下名义索取的那些俘虏,就是哈里·珀西在霍尔梅敦之战擒获的那些,据他说,他并未像有人向陛下报告的那样,断然拒绝陛下的要求。要么出于怨恨,要么出于误解,总之,这不是我儿子的错。

霍茨波　(向国王。)陛下,我没拒绝交出俘虏。不过,记得那场激战刚一结束,我口渴难耐,筋疲力尽,身依长剑,气喘吁吁,这时,来了一位大臣,穿戴齐整、考究,光鲜得活像个新郎①;新刮的下巴,像刚收获完庄稼秆儿的田地。他香气扑鼻,像个女帽商,还用拇指和食指捏着一个香盒儿,不时举到鼻端闻一下,再拿开;——刚一拿开,鼻子就生气,等香盒儿再凑过来,便

---

①《圣经》中常见"打扮得像个新郎"的比喻。参见《旧约·以赛亚书》61:10:"耶路撒冷因上主的作为欣喜。/上主给他穿上救恩和公义的礼服,/像新郎戴上礼帽,像新娘佩戴首饰。"《诗篇》19:5:"太阳像新郎走出洞房,/像勇士欢心奔跑。"

狠吸一鼻子解气。——他始终谈笑风
生；当士兵们抬着尸体走来，他骂他们是
没礼貌、没教养的无赖，竟敢抬着一具脏
兮兮的丑陋尸体，从他尊贵之躯的上风口
经过。他用优雅的、女人的词汇，跟我聊
了好多，其中谈到以陛下的名义要我交
出俘虏。当时，我身上的伤刚凝住血，刺
痛难忍，却被这只饶舌的鹦鹉纠缠不休。
我浑身伤痛，再加上心烦气躁，话没过脑
子，便随口回了几句；对于他该带走还是
不该带走俘虏，我已记不清说了什么。
——瞧他衣着光鲜，香气扑鼻，像大户人
家侍女似的，谈着枪炮、战鼓和伤口，我
都气疯了。——上帝恕我直言！——他
跟我说，鲸脑油①是救治内伤的灵药；又
说，真可怜，从无辜的地底挖出的罪恶硝
石，就这样怯懦地断送了无数热血男儿；
还说，若非枪炮邪恶，他早就是一名战
士。陛下，他喋喋不休，说了一堆废话，我
的应答，如我所言，又心不在焉。恳求陛
下，别让他对我的指控，损害我对陛下的

---

① 提炼鲸鱼脑做成的药膏，据说可以迅速凝结伤口的血块。

忠心。

布伦特　　　　（向国王。）仁慈的陛下，考虑一下当时情形，就算哈里·珀西在彼时彼景，对这样一个人说过什么，他全解释清楚了。把这事忘到脑后，别再以此为口实冤枉他；无论他当时说了什么，只要他现在矢口否认，就别再责难。

亨利四世　　　　哎呀，可他现在还拒不交出俘虏，除非我答应他的条件，——用国库的钱把他内弟，那个蠢货莫蒂默，立刻赎回来。以我的灵魂起誓，这家伙率军与大魔法师、该下地狱的格兰道尔作战，故意将手下全部出卖。我听说，马奇伯爵①最近娶了格兰道尔的女儿。难道要花光国库的钱，去赎回一个叛徒？他们打了败仗，丢人现眼，难道要我跟这种可怕的人签约，花钱买叛徒？不，让他在荒山饿死吧！谁若摇唇鼓舌，要我花一便士把反贼莫蒂默赎回来，他永远不是我朋友。

霍茨波　　　　反贼莫蒂默？他绝没反叛，至尊的陛下；此战失利，实属偶然。——在温和的芦苇

---

①即莫蒂默。莎士比亚将两个同名的埃德蒙·莫蒂默弄混了，其中一个莫蒂默即马奇伯爵，而娶了格兰道尔女儿的莫蒂默，却是前者叔叔。

丛生的塞文河①岸，他孤身一人，与骁勇
的格兰道尔短兵相接，英勇厮杀。他浑身
是伤，不必饶舌多言，那些开裂的伤口，
只一处便足以证明他的忠诚。激战近一
个小时，经彼此同意，双方三次休战喘息，
三次渴饮塞文河水。河水一见他俩满脸
血污，吓得在瑟瑟发抖的芦苇丛中惊慌乱
窜，把波纹起伏的头藏进凹陷中空的堤
岸，两位勇士的血将堤岸染红。卑鄙狡诈
的权谋，绝不会用如此致命的创伤装点粉
饰；高贵的莫蒂默，也绝不会心甘情愿身
受这么多伤：因此，切莫让他受人中伤，
背负反贼的污名。

亨利四世　你为他谎报军情，珀西，你在替他撒谎。
他根本没和格兰道尔交手激战：我告诉
你，他敢独自与魔鬼相会，也不敢与欧
文·格兰道尔为敌。你不觉得丢脸吗？够
了，小子②，以后别再跟我提莫蒂默。尽快
把战俘交给我，否则，我说话可没这么客
气了。——诺森伯兰大人，你和你儿子
可以走了。——（向霍茨波。）把战俘交来，

① 英国的主要河流，位于英格兰和南威尔士之间。
② 在此为鄙视不敬的称呼。

| | 否则，后果自负。 |

（亨利国王、布伦特及众侍从下。）

| 霍茨波 | 哪怕魔鬼亲自出马，咆哮着要我交出战俘，我也一个都不给。①——我立刻追上他，就这么对他说；即使有掉脑袋的危险，也要出一口心头怒气。 |
| 诺森伯兰 | 怎么？气晕了？站住，少安毋躁。瞧，你叔叔来了。 |

（伍斯特上。）

霍茨波	别提莫蒂默？以上帝的伤口起誓，我非提不可。我若不跟他联手，就叫我遭诅咒下地狱。我愿为他把血流尽，让一滴又一滴血倾洒尘埃。我要把遭践踏的莫蒂默高高举起，同这个忘恩负义的国王平起平坐，跟这个绝情、阴毒的布林布鲁克②一样。
诺森伯兰	（向伍斯特。）贤弟，国王把你侄子气疯了。
伍斯特	我走之后，谁把你惹火了？
霍茨波	他非要我交出全部俘虏；当我再次向他提及赎回我内弟，他一下子气得脸发白，

①《圣经》中以"魔鬼的咆哮"比喻仇敌凶狠。参见《新约·彼得前书》5:8："要警惕戒备！你们的仇敌——魔鬼正像咆哮的狮子走来走去，搜索着可吞吃的人。"

②亨利四世继任国王之前，原名亨利·布林布鲁克，布林布鲁克是他出生的那个城堡的名字。霍茨波在此直呼亨利四世的原名，言下之意表明他不承认亨利的国王身份。

盯住我的脸，那眼神吓死人；好像一听到
莫蒂默的名，他就发抖。

伍斯特　　难怪他这样：死去的理查王①不是公开宣
布，他②是最近的血亲③吗？

诺森伯兰　他宣布时我在场，亲耳所闻。那时，这位不
幸的国王——愿上帝宽恕我们对他的冒
犯！④——正在远征爱尔兰的路上，中途遇
拦截，王位遭废黜，不久，又被人谋杀。⑤

伍斯特　　因为他的死，我们遭世人唾骂，受尽诽
谤，很不光彩。

霍茨波　　等一下，请告诉我：理查王当时真的宣布
过，我内弟莫蒂默为王位继承人吗？

诺森伯兰　千真万确，我亲耳听见的。

霍茨波　　原来如此，难怪他的国王亲戚巴不得他在
荒山饿死。——可是你们，难道愿把王冠
戴在健忘之人的头上，为他背负煽动谋逆
弑君的可恨骂名吗？——难道愿饱受世
人诅咒，甘心充当他的代理人，或卑鄙的

---

　　① 即理查二世（Richard Ⅱ，1367—1400）。但此处，莎士比亚又将两个莫蒂默弄
混。历史上，理查二世确曾宣布年轻的莫蒂默为王位继承人，而不是他叔叔、格兰道
尔的女婿。

　　② 他，即莫蒂默。

　　③ 此处，以"最近的血亲"指王位继承人。

　　④ 珀西家族曾支持亨利反对理查。

　　⑤ 理查二世于 1399 年 9 月被废黜，1400 年 1 月被谋杀身亡。

工具，绞索、梯子①，甚至充当刽子手吗？
——啊，恕我冒昧，话说得如此不堪，把
你们作为这阴险国王手下的地位和归类②
说穿。——莫非你们打算忍受世人辱
骂，任由未来的编年史填满这样的字眼？
说你们位高权重，却把高贵和权力抵押
给不义的一方，正如你们所做，——你俩
都有份儿，愿上帝宽恕！——折掉理查
这朵芬芳可爱的玫瑰，种下布林布鲁克这
一棵荆棘、这一株野玫瑰。——难道你们
想忍受更多屈辱，继续为他背负骂名，最
后被他愚弄、遗弃、丢掉吗？不！你们还有
时间，来得及挽救失去的名誉，从世人眼
里重新赢回好名声。向这个傲慢国王的
嘲弄和蔑视进行报复吧！他日思夜想要
以你们血腥的死亡，偿还对你们的所有欠
债。因此，我说，——

伍斯特　　　别说，贤侄，什么也别说：现在，我打开一
册秘籍宝卷，把深藏其中的危险读出来，
你那愤愤不平的心一下便能领悟；里面充
满了危机和冒险精神，活像把一条长矛横

———————
① 指通往绞刑架高高的横梁的梯子。
② 此处暗指处境不妙。

	在咆哮奔涌的急流上，你得踩着它摇摇晃晃走过去。
霍茨波	万一失足，他便完蛋！——不会游泳，只能沉没。——这是叫危险横架东西，再让荣誉穿越南北，那让它们搏斗吧。——啊！激怒一头狮子比逗弄一只野兔，更令人血脉贲张。
诺森伯兰	（向伍斯特。）脑子里的伟大功绩，已使他按捺不住。
霍茨波	我指天发誓，轻轻一跳，我便能从苍白的月亮摘下耀眼的荣誉，或纵身一跃，从深不可测的海底揪着头发把淹死的荣誉拽上来。不过，挽救荣誉的人必须独享尊荣：像这种半遮半掩的合作①，不如算了！
伍斯特	（向诺森伯兰。）他脑子里想法倒不少，却不得要领，没明白怎么回事。——好贤侄，听我唠叨几句。
霍茨波	请原谅。
伍斯特	你的战俘，那些高贵的苏格兰人②，——
霍茨波	战俘全留下！以上帝起誓，他休想得到一

———————————

①指局部的、令人不快的合作。

②"苏格兰人"（Scots），或有"小账"（small payment）的双关意。若此，伍斯特言外之意意在提醒霍茨波要从长计议，不能只算计眼前"小账"。

个苏格兰人。哪怕他得着一个，灵魂便能得救，也休想得到。我以这只手起誓，战俘全归我。

伍斯特　　　　不听我说完，又耍脾气。你可以留下那些战俘。

霍茨波　　　　没错，绝对留，明摆着的。——他说他不会赎回莫蒂默，还不许我再提莫蒂默，可我要在他呼呼大睡的时候，对准他的耳朵高喊"莫蒂默"！不，我还得养一只八哥，只教它说"莫蒂默"，然后送给他，吵得他一辈子火冒三丈。

伍斯特　　　　听我说，贤侄，只一句话。

霍茨波　　　　我在此郑重宣布放弃一切学问，只钻研怎么激怒、折磨这位布林布鲁克，还有那位身佩长剑①、小盾的威尔士亲王。——若非我觉得这个当爹的不爱他，巴不得他有什么不测，我早用一壶麦芽酒把他毒死了。

伍斯特　　　　再见，贤侄。等你消了气，有心情听我说了，咱再谈。

诺森伯兰　　　（向霍茨波。）唉，你真是一个傻瓜，像被黄

---

① 指一种轻巧细长的剑，不适合打斗。

蜂蜇了似的没耐性，唠叨起来像个娘儿
们，耳朵只听见自己，听不见别人！

霍茨波　　　咳，要知道，一听人提及这个邪恶的阴谋
　　　　　　家布林布鲁克，我就像挨了鞭抽、棒打①，
　　　　　　像遭了荨麻蜇、蚂蚁咬。理查王时代，——
　　　　　　那地方叫什么来着？——该死！——反
　　　　　　正是在格罗斯特郡②。——他那位荒唐
　　　　　　的公爵叔叔——约克公爵③，——住那
　　　　　　儿。在那儿，我第一次向这位春风得意的
　　　　　　国王，这个布林布鲁克，屈膝行礼。——
　　　　　　该死！④——当时，你同他刚从雷文思珀⑤
　　　　　　回来。

诺森伯兰　　是在伯克利城堡⑥。

霍茨波　　　说对了。——哎呀，当时这条摇尾巴讨
　　　　　　好的灵缇犬⑦，跟我说了好多甜得发腻的
　　　　　　奉承话！什么"等我一继承王位"，或"尊

---

①《圣经》叙事中时常出现"鞭抽""棒打"等字眼。参见《旧约·列王记上》12∶11∶
"他用鞭子抽你们，我要用刺棒（蝎子鞭）击打你们！"《诗篇》89∶32∶"我就要因他们的
罪惩罚他们；/ 我要因他们的过犯鞭打他们。"《新约·马可福音》15∶15∶"彼拉多为了
讨好群众，释放巴拉巴给他们，又命令把耶稣鞭打了，然后交给人去钉十字架。"

② 位于英格兰西南部。

③ 约克公爵（Duke of York, 1341—1402），指兰利的埃德蒙。

④ 从这段话可见，"暴脾气"霍茨波一直在气头儿上，话难说完整，常只说半句。

⑤ 即位于约克郡海岸的斯珀恩角。

⑥ 格罗斯特郡的一座城堡，靠近布里斯托。

⑦ 一种瘦长、高大、善跑、眼尖的猎狗。

贵的哈里·珀西""好兄弟"之类。——啊，叫魔鬼把这些骗子①抓走！——（向伍斯特。）上帝恕我直言！——好叔叔，我的话完了，你说吧。

伍斯特　不，你话没完，接着说。我随时恭候。

霍茨波　说完了，真的。

伍斯特　那还是谈你的苏格兰战俘。立刻全部释放，赎金分文不取。只留下道格拉斯的儿子②，借助他的力量在苏格兰招募军队。我保证此事易如反掌。原因很多，详情我写信告诉你。——（向诺森伯兰。）你，伯爵大人，当你儿子在苏格兰忙乎这事的时候，你得悄无声息地得到那位尊贵、受人爱戴的大主教的信任。

霍茨波　是约克大主教？

伍斯特　是他。他对哥哥斯克鲁普伯爵命丧布里斯托③一事一直耿耿于怀。我这样说，并非想当然的猜测，据我所知，他早有考虑，谋划已久，做好部署，瞅准机会，会立刻

① "骗子"（cozeners）与"兄弟"（cousin）双关。霍茨波言外之意是，这位不久前登上国王宝座的"兄弟"（布林布鲁克）是个大骗子。

② 道格拉斯的儿子，即法伊夫伯爵莫达克。

③ 威尔特郡伯爵，1399年被布林布鲁克处死。事实上，斯克鲁普是约克大主教的堂兄。

动手。

霍茨波	我已经闻出味儿①了:以我的生命起誓,此事必将大功告成。
诺森伯兰	你总是不见猎物先放狗。
霍茨波	嘿,这怎么可能不是妙计!——就是说,苏格兰和约克的军队,——与莫蒂默联手,对不对?
伍斯特	是这样。
霍茨波	说实话,这妙计真是太妙了!
伍斯特	事不宜迟,尽快落实,为保住咱的脑袋,得赶紧组织一支军队。因为,不管我们多谨小慎微,国王总觉得他欠了我们人情债,若非他找着机会一笔还清②,我们会一直心怀不满:眼下,他看我们的脸色多难看呀!
霍茨波	脸难看,脸难看;一定要报仇。
伍斯特	再见,贤侄。——我写信给你,一切照我说的做;在此之前,不要轻举妄动。一旦时机成熟,——时机就在眼前,——我悄悄去见格兰道尔和莫蒂默勋爵;按照我的部署,你、道格拉斯,还有我们的军队,同

---

① 打猎用语,指闻到猎物的气味。
② 此处以"一笔还清"代指国王迟早要做出"致命一击"。

时在那儿相会。用自己强有力的双臂，支
撑起眼下难以确定的命运。

诺森伯兰　　　　再见，好兄弟。我相信，一定成功。

霍茨波　　　　　叔叔，再会：——

啊，愿时光飞逝，让战场上的

拼杀、呻吟为我们的胜利喝彩！

（同下。）

第二幕

第一场

罗彻斯特。一旅店内

(一挑夫手提灯笼上。)

挑夫甲　　　哎哟！这会儿若没到清晨四点,我情愿被吊死:查理曼的战车①已挂在新烟囱上,我们的马还没套。——马夫,干吗呢?

马夫　　　　(在内。)来了,来了!

挑夫甲　　　汤姆②,请把"秃尾巴"③的马鞍拍一拍,再给马鞍桥垫点儿羊毛④。这匹可怜的老马,肩骨都磨破了,伤得不轻。

---

　　①指大熊星座,即北斗七星。因星座形状像查理曼大帝的战车,故名。查理曼大帝(Charlemagne, 732—814),即查理大帝,法兰克王国加洛林王朝国王(768—814),建立了囊括西欧大部分地区的庞大帝国,被罗马教皇加冕"罗马人的皇帝",为神圣罗马帝国的第一位君主(800—814),史称查理一世。

　　②可能是挑夫乙的名字,也可能是酒店马夫的名字。

　　③"秃尾巴"是马的名字,因其尾巴被切,故名。

　　④拍打马鞍,使其变软,以便给马鞍桥垫羊毛。

（另一挑夫上。）

挑夫乙	这儿的豌豆、黄豆潮得跟什么似的，若要可怜的马肚子里生蛆①，这招儿最灵。自打马夫罗宾一死，这儿全乱套了。
挑夫甲	可怜的家伙，自从燕麦涨价，他就没乐过。生闷气死的。
挑夫乙	依我看，整条伦敦路，数这家酒店里的跳蚤咬人最凶：我被咬得活像一条红斑鱼②。
挑夫甲	像条红斑鱼？从鸡叫头遍，我一直被咬，整个基督世界没谁被咬得比我更惨。
挑夫乙	哼，连把尿壶也不给，咱只好往壁炉里尿，尿里生出的跳蚤，长得跟泥鳅一样。
挑夫甲	喂，马夫！快点儿，该吊死的！快来呀！
挑夫乙	我要把一只腌火腿，还有两块生姜，送到查林十字③去，真够远的。
挑夫甲	以上帝的身体起誓④，我篮子里的火鸡快饿死了。——怎么回事，马夫！——你头上没长眼吗？耳朵聋了？若敲破你脑壳不跟喝酒一样好玩儿，我就是个大混蛋。——快来，该吊死的！——你说话算数吗？

---

① 马吃了潮湿的饲料，易患马胃蝇蛆病。

② 一种淡水鱼，鱼身布满红斑，好似人被跳蚤咬过的痕迹。

③ 当时位于伦敦和威斯敏斯特之间的一个村子，集市所在地。

④ 一句诅咒语。

（盖德希尔上。）

盖德希尔　　　早安，伙计们，几点了？

挑夫甲　　　　估摸有两点了？①

盖德希尔　　　请你，借我灯笼一用，我去马厩瞧一眼我
　　　　　　　的骟马②。

挑夫甲　　　　不，以上帝起誓，等一下。说真的，我懂的
　　　　　　　把戏一个顶你俩③。

盖德希尔　　　（向挑夫乙。）请把你的借我用一下。

挑夫乙　　　　呀，现在几点了，你知道吗？——你是说
　　　　　　　"把你的借我用一下？"④——以圣母马利
　　　　　　　亚起誓，你先吊死算了。

盖德希尔　　　挑夫兄弟，你们打算什么时候到伦敦？

挑夫乙　　　　我向你保证，今晚点烛上床的时候一准
　　　　　　　到⑤。——（向挑夫甲）来呀，马格斯兄弟，快
　　　　　　　把那几个客人叫起来。他们带了好多值
　　　　　　　钱的东西，要跟咱一起走。（俩挑夫下。）

［（酒店）掌柜的上。］

盖德希尔　　　嘿，嗬，掌柜的？

---

①挑夫甲前面刚说过早晨四点，显然是故意说错，以误导盖德希尔。挑夫甲觉得盖德希尔举止可疑。

②被阉割过的马。

③挑夫甲言外之意是：我还没蠢到会信你这一套老把戏。

④挑夫乙故意重复盖德希尔刚才的问话。

⑤罗切斯特距伦敦并不远，明显是挑夫乙的戏弄之语。

掌柜的	(在内。)扒手在说:我离你不远。①

掌柜的　(在内。)扒手在说:我离你不远。①

盖德希尔　这等于说——掌柜的在说:我离你不远。你跟扒手的不同在于,你只出点子,不动手。主意是你出的?

掌柜的　早安,盖德希尔大爷。昨晚上我跟你说的一点没变:——有个从肯特郡林区②来的小地主,随身带着三百马克③黄金。我是昨天吃晚饭时,听他跟一个同伴说的;看那人像个审计官,也带了一堆行李,带的什么,上帝。这二位已经起床,叫了鸡蛋、黄油,一吃完就上路。

盖德希尔　伙计,他们若不碰上圣尼古拉斯④的门徒,把我这根脖子输给你。

掌柜的　不,我不稀罕你的脖子:你留给刽子手吧。我知道,你像那些不讲信义的坏蛋一样,也是圣尼古拉斯最虔诚的信徒。

盖德希尔　跟我提刽子手干吗?若要吊死我,得预备两副结实的绞架,因为要吊我,老约翰爵士得陪着一块儿送死。你晓得,他可不是

① 掌柜的跟盖德希尔开玩笑,暗示扒手就在身边。下一句,盖德希尔对他反唇相讥。
② 位于南英格兰的南、北唐斯丘陵之间。
③ 货币计算单位,一马克约等于三分之二镑。三百马克约合二百镑。
④ 被视为强盗响马的守护神。

瘦鬼。喷，其他几条好汉，你做梦也想不到，他们劫道只为寻开心，给干这行的添光彩；一旦事情闹大，真有人来查，他们也会顾忌脸面，把一切摆平。我这帮哥们儿可不是平地抢劫的毛脚贼①，也不是为六便士打闷棍的主儿，更不是一脸大胡子的酒鬼；他们是生活安逸的贵族、市镇官员，全都来头不小。他们不言不语，没开口先动手，没喝酒先开口，没祷告先喝酒。可是，我撒了谎，因为他们不停地为神圣的国家②祷告；或干脆这么说吧，他们才不会为她③祷告，他们只会掠夺④她，——把她当马骑上骑下⑤，把她当靴子⑥踢来踢去。

掌柜的　　　　怎么，把国家当靴子？走在湿路上，她不漏⑦吗？

盖德希尔　　　不漏，不漏：法律给她涂了防漏油。就像

---

① 盖德希尔言外之意是，他那帮哥们儿都是骑着马的盗贼。

② "国家"在此有双关意，指公共财物。

③ 这里以"她"代称国家。

④ 上下句中的"祷告"（pray）和"掠夺"（prey）谐音双关。

⑤ 此句明显带有性暗示。

⑥ "靴子"（boots），同 booty 音近，有"战利品""掠夺品"之意。下一句，掌柜的答话中的"靴子"则有双关意，暗指"阴道"。

⑦ 掌柜的暗指，"她"不会尿湿自己吗？

	偷自家城堡里的东西，万无一失；我们有羊齿草籽的秘方①，——走在路上谁也看不见。
掌柜的	瞎扯，没人看见你，是因为夜里黑，跟羊齿草籽没关系。
盖德希尔	握手成交：这买卖有你一份，我是个老实人。
掌柜的	不，我宁愿你是个贼人，让我占一份。
盖德希尔	一言为定。"人"②是天下人共同的名字。叫马夫把我那匹骗马牵来。再见，你这糊涂虫。（同下。）

---

① 羊齿草籽，一种蕨类植物的种子，古时相传人吃了它可以隐身。此句意思是：我们会隐身术。

② 此处的"人"为拉丁文"Homo"。盖德希尔意思是说，"老实人""贼人"都是"人"。

第二场

盖德山附近一条大路

（王子、波恩斯、皮托与巴道夫上。）

波恩斯　　　　快，藏起来，藏起来：我把福斯塔夫的马牵走了，他烦得一脸丧气，脸皱得像一块涂了胶的丝绒①。

亨利王子　　　藏好了。（四人退到一旁。）

（福斯塔夫上。）

福斯塔夫　　　波恩斯！波恩斯，该吊死的波恩斯！波恩斯！

亨利王子　　　（上前。）别嚷，你这大肚子无赖！没完没了吵什么！

福斯塔夫　　　怎么，哈尔？波恩斯呢？

亨利王子　　　他去山顶了，我去找他。（退下，佯装去找波恩斯。）

---

　　① 当时，奸商为使丝绒显得光鲜，常在上面涂胶，不久，便会起皱。

福斯塔夫　　　跟这个贼一起出来劫道,注定倒霉:这无赖把我的马牵走,也不知拴哪儿了。我若再往前走四英尺,就喘不上气儿了。我一点儿不怀疑,只要我杀了这流氓,还能逃过被绞死,就算好死。这二十二年来,我每时每刻都赌咒,再不跟他搭帮结伙,可我像着了魔似的,老也离不开这恶棍。这无赖若没给我灌迷魂药,叫我对他着迷,就吊死我;肯定是这么回事:我喝了他的魔药。——波恩斯!——哈尔!——你们这俩遭瘟的!——巴道夫!——皮托!——为抢人东西再多走一步,我就饿死了。离开这些恶棍,做一个老实人,倒是一件好事,像喝酒一样;不然,我就是用牙嚼饭吃的恶棍里最坏的一个。这八码坑洼不平的路,对我相当于步行七十里,那些狠心的混蛋知道得一清二楚。当了强盗还彼此不讲信义①,真该遭天瘟!——(王子等一千人吹口哨。)哟!——咒你们遭天瘟!你们这些混蛋,把我的马还我。还我马,该吊死的!

---

① 在福斯塔夫看来,贵族之间可以不守信用,强盗、贼人应该彼此讲信义。

Prince Henry. Your money!
Poins. Villains!   *Act II. Scene II.*

亨利王子　　　（上前。）别出声，你个死胖子！趴下，把耳朵贴地上，听听有没有行人的脚步声。

福斯塔夫　　　我趴下了，你用什么杠子把我弄起来？以上帝的血起誓①，就算把你爹国库里的金银财宝都给我，我也不再扛着这一身肉，走这么远的路了。这么骗我，是想遭天瘟吧？

亨利王子　　　瞎说。不是你被骗，是你没骑马②。

福斯塔夫　　　求你了，仁慈的哈尔王子，国王的乖儿子，把我的马牵来。

亨利王子　　　呸！你这无赖！要我给你当马夫吗？

福斯塔夫　　　去，用你继承人的吊袜带③把自己吊死算了！要是我被抓，冲这个，我把什么都招喽。我若不把你们的这些事编成歌谣，配上淫秽的曲调唱遍天下，就让一杯萨克酒毒死我。——玩笑开得太过火，害我走路活受罪！——恨死我了！

---

①此为一种赌愿的重咒，后转义为"该死！"

②英文中"colted"是"欺骗"之意，"uncolted"是"没骑马"的意思。亨利王子以此调侃福斯塔夫。

③这是福斯塔夫在拿亨利王子的"嘉德勋章"（the Garter）开玩笑。嘉德勋章是授予英国骑士的一种勋章，源自中世纪，是当今世界历史最悠久的骑士勋章，也是英国荣誉制度最高的一级。勋章由国王授予，只有国王自己、威尔士亲王等极少数在世的贵族能获得。亨利王子作为威尔士亲王和王位继承人，自然拥有嘉德勋章。嘉德勋章最主要的标志，是一根印有"心生邪念者耻"金字的吊袜带（garter）。在正式场合，勋章获得者要佩戴这个吊袜带。在此，福斯塔夫取笑亨利王子，让他用这印有金字的吊袜带去上吊。

（盖德希尔上。）

盖德希尔	站住！
福斯塔夫	尽管不情愿，我也站住了。
波恩斯	啊，这是给我们出谋划策的人，我听得出他的声音。

（巴道夫、皮托上。）

巴道夫	有什么消息？
盖德希尔	遮住脸，遮住脸，把面具戴上。国王的钱要打山下过，往国库送的。
福斯塔夫	你这无赖，骗人，是往国王酒店送。
盖德希尔	这笔钱足够我们发大财。
福斯塔夫	也足够吊死我们。
亨利王子	诸位，你们四个去窄路上迎面拦截，内德·波恩斯和我再往下走一段。假如你们没拦住，他们便会落在我们手里。
皮托	他们多少人？
盖德希尔	八个，没准儿十个。
福斯塔夫	以上帝的伤口起誓，他们不会抢我们吧？
亨利王子	怎么，胆小鬼，大肚子约翰爵士？
福斯塔夫	的确，我不是你祖父的瘦约翰[1]；可也不

---

[1] 亨利王子的祖父名叫"Gaunt"（冈特），是地名"Ghent"（根特）的一个变体，而"Gaunt"有"枯瘦"（thin）之意。福斯塔夫在此以"Gaunt"双关意调侃自己并非"大肚子约翰"，倒是个瘦子。

是胆小鬼，哈尔。

亨利王子	好啊，到时证明一下看。
波恩斯	杰克老兄，你的马拴在树篱后边。骑的时候去那儿找。再见，不要退缩。
福斯塔夫	这下，就算要吊死我，也不能揍他一顿了。
亨利王子	（向波恩斯旁白。）内德，咱们化装的东西在哪儿？
波恩斯	（向亨利王子旁白。）在这儿，附近不远：咱们躲起来。（亨利王子与波恩斯下。）
福斯塔夫	眼下，伙计们，我要说，好运当头，人人出力。

（众旅客上。）

旅客甲	来吧，兄弟，叫这孩子牵马下山，咱们溜达会儿，放松一下腿脚。
众劫匪	（冲出来。）站住！
众旅客	耶稣保佑！
福斯塔夫	打呀，打倒他们！把这些歹人的喉咙割开！——啊，婊子养的寄生虫！脑满肠肥的混蛋！他们讨厌咱们年轻人，——打倒他们，抢光他们。
众旅客	啊，这下毁了①，人财彻底两空！

---

① 《圣经》叙事中不时出现带有诸如"毁了""完了"之类带有末世口吻的哀叹，参见《旧约·以赛亚书》6：5："我说：'我完了，我惨了。'"本剧第五幕第二场开场不久，伍斯特说："那我们全得完蛋。"

福斯塔夫	绞死你们，大肚皮坏蛋，毁了吗？没，肥得流油的守财奴！我巴不得你们的家财全在这儿！走，肥猪们，往前走！怎么，你们这些混蛋！得给年轻人一条活路吧。你们有钱，就能当陪审员，是吗？以我的信仰起誓，我们要审你们。（众劫匪洗劫众旅客，并捆绑。同下。）

（王子与波恩斯同上。）

亨利王子	贼人绑了良民。现在，只要你我把贼人一抢，快快乐乐回到伦敦，这话题能说上一个礼拜，开心一个月，真是说一辈子的大乐子。
波恩斯	躲起来：我听见他们来了。（退下。）

（众劫匪重上。）

福斯塔夫	来呀，先生们，动手分吧；然后，趁天没亮，各自骑马散开。亲王和波恩斯若不是两个地地道道的懦夫，世上就没有公道了。那个波恩斯，还没野鸭①胆子大。
亨利王子	把钱留下！
波恩斯	混账东西！（众劫匪分赃时，亲王与波恩斯发起突袭。众劫匪四散奔逃，福斯塔夫略作招架，亦逃。留下

---

① 野鸭胆小，极易受惊。

　　　　　　　　　劫财。)

亨利王子　　　得来全不费工夫。现在,快快乐乐上马吧。劫匪们吓破了胆,四散奔逃,他们都以为遇见了官差,再不敢彼此碰面。走吧,好内德。福斯塔夫吓得浑身淌汗,一边走,汗珠子一边吧嗒吧嗒往下掉,给贫瘠的土地施肥。若不为寻开心,我真可怜他。

波恩斯　　　这无赖倒是吼得挺凶!(同下。)

第三场

沃克沃斯城堡。城堡中一室

（霍茨波读信上。）

霍茨波　　　　　　"——不过,对我来说,念及与贵府交谊甚厚,自然乐于前往。"——他乐于前往,——那为什么不来? 念及与我家交谊甚厚:——这信里透出来,他对自家的谷仓比对我们家更上心。接着往下看。"你所谋之事有危险。"——哈,明摆着的:连着个凉、睡个觉、喝个酒都有危险。可我告诉你,蠢蛋大人,我们就是要从这丛荨麻中,摘下这朵安全的花。——"你所谋之事有危险,你提及的一些朋友不牢靠,时机也不合适,整个计划过于草率,面对如此劲敌,实难相抗。"——这是你说的,这是你说的? 我再对你说一遍:你是个浅薄、怯懦的乡巴佬，一派胡言。真是一个没脑子的白痴！主在上，我们的计划天衣无缝，我们的朋友真诚可鉴：一条妙计，一些好友，前景令人充满期待。绝妙的计划，忠诚的挚友。这是一个多么没血性的无赖！瞧，约克大主教都称道这一计划和整个军事行动。以上帝的伤口起誓①，假如此刻我在他身边，一定用他老婆的扇子把他脑子敲出来。我父亲、我叔叔、我自己，不在一起吗？不还有埃德蒙·莫蒂默勋爵、约克大主教和欧文·格兰道尔吗？此外，不还有道格拉斯吗？他们不是都写信给我，约好下月九号率军与我会合吗？况且，他们中不是有人已在行军途中吗？这真是一个异教徒无赖！一个没有信仰的家伙！哈！等着瞧吧，他会出于十足的恐惧和一颗冷酷的心，跑到国王那儿，把我们整个行动泄露出来。啊！我恨不能把自己分成两半儿，叫他俩对打；我竟然试图劝这么一碟脱了油的牛奶②，参与如此荣耀的行动！该吊死他！叫他告诉

---

① "第一对开本"此处作"以我这只手起誓"。

② 此处，以"一碟脱了油的牛奶"，即脱脂奶，比喻"一个没骨气的懦夫"。

国王：我们的军事行动已经就绪。今天晚上，我就率军出发。

（珀西夫人上。）

怎么样，凯特？过不了两小时，我就要与你分别。

珀西夫人　啊，我的好丈夫，你为何如此孤独？我究竟有什么错，要成为一个弃妇，两个星期不能与我的哈里同床共眠？告诉我，亲爱的丈夫，到底是什么夺走了你的胃口、欢乐和酣畅的睡眠？你的眼睛为何总盯着地面，孤坐时为何时常惊跳而起？你的双颊为何失去血色；你为何不与我亲热温存，却瞪着两眼冥思苦想，跟遭诅咒的忧郁寻欢？我半睡半醒，耳闻你在浅浅的梦境，喃喃自语铁血的战争，用操控的口令，吆喝你跳跃的战马："拿出勇气！冲向战场！"——你嘴里不停念叨着前进、撤退、战壕、营帐，还有防御工事、外堡、胸墙、大炮、重炮、长炮，以及战俘的赎金、被杀的士兵，等等，说的全是一场血腥的厮杀。你心底想着战争，睡眠中激动不已，额头沁出汗珠，犹如一条刚受惊扰的溪流泛起的泡沫；你脸上的神情十分怪

Lady Percy. In faith, I'll break thy little finger, Harry,
An if thou wilt not tell me all things true.

Act II. Scene III.

| | 异，活像有人突然接到什么重大命令，一下子屏住了呼吸。啊，这些到底预示着什么？一定有什么大事在我丈夫掌控之中。我非知道不可，否则他就是不爱我。 |
| 霍茨波 | 喂，来人！ |

（一仆人上。）

	吉廉斯①去送那一包信了吗？
仆人	是的，大人，一小时前走的。
霍茨波	巴特勒②从治安官那儿把那些马牵来了吗？
仆人	他刚牵回来一匹，大人。
霍茨波	什么马？一匹枣红马，剪了耳朵尖儿，是不是？
仆人	正是，大人。
霍茨波	那匹枣红马将是我的王座③。好，我这就骑上它。"希望！"④——吩咐巴特勒把马牵到园子里。（仆人下。）
珀西夫人	我的丈夫，听我说。
霍茨波	夫人要说什么？

———

① 一仆人的名字。
② 另一仆人的名字。
③ 霍茨波心里惦记着国王宝座。
④ 珀西家族的格言是"力量与慰藉存于希望"。

珀西夫人	什么事把你兴奋成这样？
霍茨波	怎么，我的马，亲爱的，——我的马。
珀西夫人	呸，你这只脑子发疯的猴子！哪怕一条黄鼠狼①也没你这么冲动、闹腾。说真的，我一定要知道你的事，哈里，——非知道不可。怕是我哥哥莫蒂默要兴兵造反、夺取王位，邀你出力相助。但如果你去了，——
霍茨波	亲爱的，那么远的路，走着多累。
珀西夫人	好了，好了，你这只小鹦鹉，别绕弯子，回答我的问题：哈里，你若不把实情告诉我，真的，我拧断你的小手指。
霍茨波	走开，走开，你这无聊的话痨！——爱？——我不爱你，凯特，我不在乎你。这不是个跟玩偶一起戏耍、用嘴唇彼此厮打的世界。我们要打得鼻子淌血、脑袋②开花，也要叫对手头破血流。——上帝保佑我，保佑我的马！——你说什么，凯特？你要我怎样？
珀西夫人	你不爱我了？真不爱我了？也罢，不爱就不爱。既然你不爱我，我也不再爱自己。你不

---

①因黄鼠狼是一种好斗、具攻击性的动物，与霍茨波性格有相似之处。
②"脑袋"（crowns）与"钱币"（coins）具双关意。"Crown"是王冠之意，霍茨波在此暗指要与王室开战。

　　　　　　　　爱我吗？不，你是说着玩儿，还是当真？

霍茨波　　　　来，看我骑马？等我翻身上了马，就发誓
　　　　　　　　爱你，永生永世爱你。可是凯特，听好，以
　　　　　　　　后不许问我去哪儿了，也别瞎猜为什么。
　　　　　　　　必须去的地方，一定要去。总之，今晚我
　　　　　　　　必须离开你，温柔的凯特。我知道你聪明，
　　　　　　　　但不能比哈里·珀西的老婆还聪明；你忠
　　　　　　　　实可靠，但毕竟是个女流之辈：说到保密，
　　　　　　　　没哪个女人比你嘴更严，因为我深信，你
　　　　　　　　不会把不知道的事情说出去。——温柔
　　　　　　　　的凯特，我对你的信任只能到这个程度。

珀西夫人　　　怎么？只到这个程度？

霍茨波　　　　多一点儿也不行。可是，听好，凯特：我去
　　　　　　　　的那地方，你也去。我今天出发，你明天
　　　　　　　　动身。凯特，这样安排你满意吗？

珀西夫人　　　只能这样了。（同下。）

第四场

伦敦东市街。野猪头酒店

（亲王与波恩斯上。）

亨利王子 　内德，请你从那闷热的屋子里出来，陪我笑一阵儿。

波恩斯 　你刚去哪儿了，哈尔？

亨利王子 　跟三四个蠢蛋，待在六七十只大木酒桶中间聊天。我算把身份的音符演到最低了。先生，我跟三个酒店伙计拜了把兄弟，直接叫名字，汤姆、迪克、弗朗西斯之类。他们竟拿灵魂救赎①来赌咒，觉得我虽不过是威尔士亲王，却堪称君子乡的国王；还直截了当说，我不像福斯塔夫那家伙自高自大，而是一个科林斯大

_____

① "第一对开本"此处作"信任"，则译为：他们对我一点儿不见外。

好人①，一个有胆识的小伙子，一个好孩子，——主在上，居然这么叫我！——又说，等我当了英格兰国王，东市街的所有好哥们儿全听我号令。他们管豪饮叫"染红"②；你若不一气把酒灌下去，他们就吆喝一声"哼！"③你非喝得杯子见底不可。总之，没到一刻钟，我就成了大行家，这辈子随便跟哪个补锅匠④，都能聊着补锅的行话一起喝酒。听我说，内德，刚才这通狂饮，你没在场，丢了不少争脸面的机会。不过，甜蜜的内德，——为使内德的名字更甜，我把值一便士的这小包糖给你⑤，是酒店一个小伙计⑥刚塞我手里的，他这辈子只会说这几句英文——"八先令六便士""欢迎光临"，再尖声喊一句"来了，来了，先生！——记账，'半月'⑦一品脱西班牙甜酒！"大致如此。——可是，

---

① 科林斯（Corinth）是一希腊古城，科林斯人以纵酒狂欢、放荡不羁闻名。此处"科林斯大好人"，指可以聚在一起胡闹的酒肉朋友。

② 指纵酒豪饮会使人脸色变红。

③ 一种闹酒时的叫喊，意思是"喝起来，喝下去！"

④ 一般来说，补锅匠的酒量都很大。

⑤ 当时酒店兼卖小包的糖，以便客人加在酒里，使酒变甜。

⑥ 酒店专门负责给客人倒酒的小伙计。

⑦ 当时酒店客房不标房号，为区别不同房间，在门上标志各式图案。

　　　　　　　　　内德,福斯塔夫来之前,为打发时间,请
　　　　　　　　　你到旁边一间屋子,我来问那小伙计,给
　　　　　　　　　我这一小包糖什么意思;这时,你只要不
　　　　　　　　　停地喊"弗朗西斯",他就会不住地说"来
　　　　　　　　　了,来了",根本顾不上回我话。你站一
　　　　　　　　　边,我演给你看。

波恩斯　　　　　弗朗西斯!

亨利王子　　　　好极了。

波恩斯　　　　　弗朗西斯!（波恩斯下。）

（酒店伙计弗朗西斯上。）

弗朗西斯　　　　来了,来了,先生。——拉尔夫,你去"石
　　　　　　　　　榴"①瞅一眼。

亨利王子　　　　弗朗西斯,来一下。

弗朗西斯　　　　殿下?

亨利王子　　　　你还有几年出师,弗朗西斯?

弗朗西斯　　　　不瞒您,还有五年②,一直到——

波恩斯　　　　　（在内。）弗朗西斯!

弗朗西斯　　　　来了,来了,先生。

亨利王子　　　　五年?圣母马利亚在上,五年光伺候这叮
　　　　　　　　　当响的锡制大酒壶,真够长的。可是,弗朗

————————

① 酒店的另一房间。

② 当时在酒店当职业学徒一般是七年。

	西斯,你敢不敢放开胆子,当一回毁约 的懦夫,拔腿开溜?
弗朗西斯	啊,殿下,先生,我以全英格兰所有的《圣 经》起誓,我心里想的是——
波恩斯	(在内。)弗朗西斯!
弗朗西斯	来了,来了,先生。
亨利王子	你多大了,弗朗西斯?
弗朗西斯	让我算算,——到米迦勒节 ②,我就——
波恩斯	(在内。)弗朗西斯!
弗朗西斯	来了,先生。——殿下,请稍等一下。
亨利王子	不,弗朗西斯,听我说,你给我的这包糖—— 值一便士,对吗?——
弗朗西斯	啊,殿下,先生,真希望它值两便士。
亨利王子	冲这包糖,我要给你一千英镑。想要了, 向我开口,我一定给你。
波恩斯	(在内。)弗朗西斯!

① 弗朗西斯在酒店当学徒,跟酒店签订契约,还有五年期满,亨利王子调侃他敢不敢毁约,拔腿开溜。

② 今译圣迈克尔节,时间是每年的 9 月 29 日,米迦勒节是英国四大节假日的宗教纪念日之一,为纪念上帝身边最伟大的天使长米迦勒,他被视为对抗黑夜中妖魔鬼怪的守护者,也是宇宙智慧的管理者。在中世纪英格兰,米迦勒节还是农夫年开始和终结的标志。在基督教题材的绘画和雕塑中,米迦勒常被塑造成金色长发、手持红色十字架(或红十字形长剑)与巨龙撒旦搏斗,或立于巨龙身上的少年。从中世纪开始,米迦勒逐渐与圣乔治相混同,也成为英格兰的守护天使。英格兰国旗即以米迦勒—圣乔治的红色十字架为原型设计。

弗朗西斯	来了,来了。
亨利王子	来拿钱吗,弗朗西斯①?不,弗朗西斯。明天吧,弗朗西斯。要不,弗朗西斯,礼拜四。或者,弗朗西斯,等你想要了再说。可是,弗朗西斯!——
弗朗西斯	什么殿下?
亨利王子	你敢不敢抢那个穿紧身皮夹克、系亮晶晶时髦纽扣、短发、戴玛瑙戒指、深色羊毛袜子、绒线吊袜带、嘴皮子利落、挂西班牙钱袋的②——
弗朗西斯	啊,殿下,先生,您说谁?
亨利王子	嘿,那你只有喝西班牙甜酒的命。你瞧,弗朗西斯,你这件白帆布坎肩③很容易弄脏。在巴巴里④,先生,这值不了几个钱。⑤
弗朗西斯	什么殿下?
波恩斯	(在内。)弗朗西斯!

---

① 亨利王子故意假装听错,以为弗朗西斯说"来了"是"来拿钱"。

② 亨利王子此处一连串描述的是弗朗西斯的老板。"挂西班牙钱袋"的另一种译法是:腆着大肚子的。

③ 白帆布(紧身)坎肩是酒店学徒的穿着。

④ 北非一地区,盛产糖。

⑤ 亨利王子在此东拉一句西扯一句,意在把弗朗西斯弄迷糊。也有专家认为,亨利王子这句话隐约暗示弗朗西斯可去亲王府打杂,他却没听懂。

亨利王子	快去，蠢蛋，没听见叫你吗？（此时，二人同时叫弗朗西斯，令其不知所措，无所适从。）
（酒店老板上。）	
酒店老板	怎么，还戳这儿不动，没听见里边客人叫你吗？（弗朗西斯下。）——殿下，老约翰爵士，还有六个人，在门口，让他们进来吗？
亨利王子	先晾着他们，待会儿再开门。（酒店老板下。）——波恩斯！
（波恩斯上。）	
波恩斯	来了，来了，先生。
亨利王子	喂，福斯塔夫和那几个贼人到门口了。咱逗逗他们？
波恩斯	小伙子，要像逗蛐蛐儿一样。可是，听我说，你跟店伙计这么逗乐子，是啥意思？快说，用意何在？
亨利王子	从园丁亚当①的远古时代，到眼前子夜十二点这个青春岁月，所有人脑子里出现过的奇怪念头，此刻全在我脑子里。

①《圣经》中，人类始祖亚当是伊甸园里的园丁。参见《旧约·创世记》第 2 章：上帝用地上的尘土造了人，把他安置在东方开辟的伊甸园里，"叫他耕种，看守园子"。后来，上帝又用地上的尘土造了各种动物和飞鸟，带到那人面前，叫他命名；他就给所有的动物、牲畜、飞鸟、野兽起了名字。在基督徒眼里，亚当的远古时代是人类的起源。

（弗朗西斯上。）

几点了，弗朗西斯？

弗朗西斯　来了，来了，先生。

亨利王子　这家伙还没鹦鹉话多，居然也算娘胎里生的！他的活儿是楼上楼下跑，他的口才是算账报账。我现在跟珀西，就是北方的那个"暴脾气"，想法还不一样；吃早饭时，他杀了七八十个苏格兰人，然后洗洗手，对老婆说："呸，该诅咒的无聊日子！我要做事儿！""啊，我亲爱的哈里，"他老婆说，"你今天杀了多少人？""给我的枣红马灌点药，"说完这句再回答："大约十四个吧，"过了一小时，又说：——"小意思，小意思。"请你把福斯塔夫叫进来。我扮成珀西，让那头该下地狱的肥猪装扮成他老婆莫蒂默夫人。醉鬼说"酒来！"①把那肥得流油的②，还有瘦排骨③，都叫进来。

（福斯塔夫、盖德希尔、巴道夫、皮托上。弗朗西斯执酒随上。）

波恩斯　欢迎，杰克！你跑哪儿去了？

---

①纵酒者"酒来！""喝呀！"之类的叫喊。

②指福斯塔夫。

③指与福斯塔夫一起的另外几人身形都比较瘦。

Prince Henry. Swearest thou, ungracious boy? henceforth
ne'er look on me.

Act II. Scene IV.

福斯塔夫	愿所有胆小鬼遭天瘟，我说，还遭天谴！以圣母马利亚起誓，阿门。——（向弗朗西斯。）给我来杯萨克酒，伙计。——日子再这么过下去，我还不如缝袜子、补袜子、上袜底呐！遭天瘟的胆小鬼！——来杯萨克酒，混蛋。——这年头儿还有勇气吗？（饮酒。）
亨利王子	你见过提坦神①亲吻一盘黄油②吗？——多情的提坦神——黄油一听他甜蜜的故事就融化了。要没见过，就看看这摊被亲化了的黄油③。
福斯塔夫	（向弗朗西斯。）你这混蛋，酒里有石灰④味儿。——坏人只干坏事，一点儿不稀奇；可一个懦夫比一杯有石灰味儿的萨克酒更坏。（弗朗西斯或已下场。）——坏透了的胆小鬼！——去你的吧，老杰克，不想活了就死。倘若有谁没忘记这世上还有男子汉，有阳刚血性，那我就是一条甩干了的

---

① 指希腊神话中的太阳神。也有注释本以为指罗马神话中的太阳神。

② 亨利王子调侃福斯塔夫酒喝得脸又大又红，好似太阳在"亲吻"萨克酒。妓女往往被喻为"一盘黄油"，"黄油"在此或有性意味。

③ "亲化了的黄油"，或有两层意涵，既指福斯塔夫贪杯嗜酒的样子，也指肥胖的福斯塔夫喝得满身大汗。

④ 当时用"氧化钙"（石灰）来保存酒。

鲱鱼①。当今英格兰，没绞死的好人剩不到三个，其中一个又胖又老。愿上帝帮帮这世道！一个坏世道，我说。我干脆当个织工②，把所有赞美诗③都唱一遍。我还得念叨，愿天下的胆小鬼遭天瘟！

亨利王子　　怎么，大羊毛口袋④，嘟囔什么呢？

福斯塔夫　　国王的儿子？！我要是不能凭一把木头短剑⑤把你打出王国，把你的臣民在你面前像一群野鸭一样驱散，我脸上一根胡子也不留了⑥。你是威尔士亲王？

亨利王子　　怎么，你这婊子养的肥肉球，出什么事了？

福斯塔夫　　你不是个懦夫吗？回答我：——还有你，波恩斯。

亨利王子　　以上帝的伤口起誓，你这肥佬，敢骂我懦夫，主在上，我宰了你。

---

　　① 鲱鱼产卵后十分瘦弱。福斯塔夫夸夸其谈，言指这世上若还有英雄好汉，他就变成一个小瘦子。

　　② 当时很多织工都是新教徒移民，喜欢织布时唱圣歌或赞美诗。

　　③ 赞美诗，或"圣诗"，有广义、狭义之分，广义指历代基督徒诗人或歌手创作，适合在教堂各种仪式或徒众聚会时吟咏、颂唱的抒情诗，狭义则专指《圣经》中的《旧约·诗篇》。

　　④ 此处有两种解释：1.过去法官审案常以大羊毛包做椅垫，而福斯塔夫刚才说话的口气像法官断案，故亨利王子嘲笑他；2.福斯塔夫刚说自己要当织工，亨利王子借机讽刺他肥胖得像个大羊毛口袋。

　　⑤ 传统道德剧中的喜剧角色"罪恶"使用的一种软木制成的短剑。

　　⑥ 福斯塔夫言外之意：我就不算须眉大丈夫。

福斯塔夫	骂你懦夫？我还来不及骂你懦夫,就见你下地狱了;可如果我能跑得像你一样快,情愿给你一千镑。你两个肩膀够挺拔的,——不在乎有谁看你后背：你这叫支援朋友吗？愿这种后背的支援遭天瘟！我要的是敢拿脸冲着我的人。——给我倒杯酒。——我若今天沾一滴酒,我就是混蛋。
亨利王子	啊,无赖,刚喝的酒还挂在唇上没擦干呢。
福斯塔夫	那又怎么样？（饮酒。）遭天瘟的胆小鬼！我偏这么说。
亨利王子	怎么回事？
福斯塔夫	怎么回事？我们四个,今天早上刚抢了一千镑。
亨利王子	钱呢,杰克？钱在哪儿？
福斯塔夫	钱在哪儿？被抢走了;有一百来号人又把我们抢了。
亨利王子	哇,一百来号人？
福斯塔夫	我要是没手持短剑,一人对十二个,近身肉搏两个小时,我就是无赖。能捡条命,真是奇迹。我的紧身衣被刺穿八次,裤子刺穿四次,小圆盾被捅透,我的剑也砍得

成了手锯,豁边卷刃。①——瞧,这是物证②!有生以来,我从没打得这样过瘾:可最后还是没用。遭天瘟的胆小鬼!叫他们说吧;哪怕说的有半点出入,他们就是恶棍,就是黑暗之子③。

亨利王子	说说吧,各位,到底怎么回事?
盖德希尔	我们四人差不多对付十二个,——
福斯塔夫	少说也有十六个,殿下。
盖德希尔	把他们都绑了。
皮托	不,不,没都绑上④。
福斯塔夫	你这笨蛋,绑了,一个没剩都绑了,不然,我就是一个犹太人,希伯来的犹太人⑤。
盖德希尔	分钱的时候,又有六七个人攻击我们,——
福斯塔夫	他们把绑着的人全放了,接着又来好多人。

---

① 此处或是福斯塔夫对使徒保罗多次遇险经历的戏仿,参见《新约·哥林多后书》11:24—25:"我被犹太人鞭打过五次,每次照例打三十九下;被罗马人用棍子打过三次,被人用石头打过一次,三次遭遇海难,一次在水里挣扎过二十四小时。"

② "物证在此",原为拉丁文 ecce signum,意为"看此物证",常见于天主教弥撒。

③ 此处是对《圣经》的化用,参见《新约·帖撒罗尼迦前书》5:5:"你们众人都是光明之子和白昼之子;我们不属于黑夜,也不属于黑暗。"《约翰福音》12:36:"趁着你们还有光的时候信从光,好使你们成为光明的人。"《以弗所书》5:8:"你们原是在黑暗中,可自从成为主的信徒,你们就在光明中。你们的生活必须像光明的人。"

④ 皮托觉得四个人怎么可能把十六个人都绑上,想补盖德希尔的漏洞。

⑤ 当时,基督教世界对犹太人充满蔑视、侮辱。"希伯来的犹太人"的意思是"货真价实的犹太无赖"。

亨利王子　　　怎么，你们几个跟他们所有人交手？

福斯塔夫　　　所有人？我不懂你说"所有人"什么意思，可我要是没跟他们中的五十人较量，我就是一捆小萝卜；要是没有五十二三个冲向可怜的老杰克，我就不算两条腿的活物。

波恩斯　　　　祈祷上帝，你没弄死几个吧！

福斯塔夫　　　不，祈祷来不及了。我干掉两个：——那两个穿粗麻布衣的家伙，肯定被我干掉了。——听我说，哈尔，要是我有半句谎话，你就啐我一脸吐沫，骂我是匹马好了。我那套防守招式你最清楚。我往这儿一站，剑尖这么一挑，四个穿粗麻布衣的坏蛋就扑了过来，——

亨利王子　　　怎么四个了？你刚说的两个。

福斯塔夫　　　四个，哈尔，我刚说的四个。

波恩斯　　　　没错，没错，他说的是四个。

福斯塔夫　　　这四个家伙并排着，一齐挥剑，朝我凶猛刺来；非出手不可了，我轻挥盾牌，便把七个剑尖都挡住了，像这样①。

亨利王子　　　七个？怎么，刚说的四个。

---

① 福斯塔夫一边说，一边比画，做着肢体动作。

福斯塔夫	穿粗麻布衣的？
波恩斯	对，穿粗麻布衣的，四个。
福斯塔夫	以我的剑柄起誓，七个，否则我就是恶棍。
亨利王子	（旁白。向波恩斯。）请你别理他，一会儿人更多了。
福斯塔夫	哈尔，你在听我说吗？
亨利王子	是的，杰克，还在听你数人头儿。
福斯塔夫	这就对了，因为这值得一听。我刚跟你说，这九个穿粗麻布衣的家伙，——
亨利王子	是吧，又多出俩来。
福斯塔夫	他们的剑头儿①断了，——
波恩斯	裤子也掉了。
福斯塔夫	他们开始后撤，但我步步紧逼，近身厮杀，一眨眼，十一个人被我干掉七个。
亨利王子	啊，太奇怪了！穿粗麻布衣的，由俩变成十一个。
福斯塔夫	可是，八成是魔鬼作祟，有三个身穿肯德尔绿色粗呢衣服②的混蛋，从我背后杀过来。当时天黑得呀，哈尔，连手指头都看不见。

---

① "剑头儿"（point），与系裤子的"吊带"双关。波恩斯在下句暗指，既然拿剑的人系裤子的"吊带"断了，裤子也会随之掉下来。
② 坎布里亚郡的肯德尔以盛产绿色粗呢出名。

亨利王子	这谎撒的,活像撒谎者的父亲①,又好比一座山,高大敞亮,明摆在那儿。唉,你这个蠢胖子,榆木疙瘩,婊子养的,下流的,腻乎乎的,肥得流油的,——
福斯塔夫	怎么,你疯了? 你疯了? 这事实不是事实吗?
亨利王子	你说天黑得伸手不见五指,那这些人身穿肯德尔绿粗呢衣服,你怎么知道的? 快点儿,说出个理由:这怎么解释?
波恩斯	对呀,说你的理由,杰克,理由。
福斯塔夫	怎么,逼我说? 以上帝的伤口起誓,哪怕把天底下所有的吊刑具或肢刑架②都用我身上,我也不招。非逼我说出个理由? 就算理由③多如黑莓,谁也甭想逼我开口,我就这样。
亨利王子	我不再背这逼供的罪名。你这红脸有血

---

① 此处或是对《圣经》的化用,参见《新约·约翰福音》8:44:耶稣对他们说:"……你们原是魔鬼的儿女,只想随从你们父亲的欲念行事。一开始他就是谋杀者,从不站住真理一边,因为他根本没有真理。他撒谎是出于本性,因为他本是撒谎者,也是一切撒谎者的父亲。""谎言之父"即魔鬼撒旦,亨利王子借此指福斯塔夫便是谎言制造者。

② 当时两种拷问审讯犯人的刑具,"吊刑具"把犯人双手反绑捆吊,"肢刑架"则把犯人四肢分开绑定,牵拉肢体。许多犯人难以承受痛苦,屈打成招。

③ 此处"理由"(reasons)与"葡萄"(raisins)双关,故福斯塔夫由"理由"转换成"黑莓"。

	气的懦夫，肥得压床的懒汉，坐断马①背的蠢货，一座大肉山，——
福斯塔夫	去你的！你这瘦鬼，你这鳗鱼皮，你这干牛舌，你这干牛鞭②，你这干鳕鱼③！——啊，容我喘口气再数落你像什么！——你这裁缝尺子，这空刀鞘④，你这装弓的袋子，你这下流的、硬挺挺的剑，——
亨利王子	够了，歇口气儿，再接着说：一下子弄出这么多下流比喻，也累了。听我说说这事。
波恩斯	听着，杰克。
亨利王子	我们俩眼见你们四人袭击那四个客商，把他们绑了，抢了钱财。——注意听，一个多么简单的故事便能叫你无话可说。接着，是我们俩袭击了你们四个，一句话，你们吓得扔下赃物扭头就跑，赃物落在我们手里。没错，赃物在屋里，你们可以看。——还有，福斯塔夫，你挺着个大肚子跑起来倒挺快，那么敏捷、灵巧，而且，一边跑一边吼，吼着求上帝发慈悲，吼得活像

---

① 此处"马"或与"妓女"具双关意。
② 干牛鞭有时可以当鞭子使。
③ 暗指身体虚弱，性能力低下。
④ 暗指"阴道"。福斯塔夫这句话中的一连串比喻，均带有强烈的性意味。

一头公牛犊。真是一个下贱的笨蛋！自己把剑砍成锯齿，却硬说打仗打的！现在，看你还能用什么花招、什么手段、什么藏身的洞窟，把你这明摆着的耻辱遮住？

波恩斯　　快，说来听听，杰克：眼下你还有什么招儿？

福斯塔夫　　主在上，我像造你们的他老人家①一样，一眼就把你们认出来了。不信？听我说，诸位，我能把王位继承人杀了吗？我能对当朝太子下手吗？嘿，你们心里最清楚，我像赫拉克勒斯②一样勇敢，但得当心本能冲动。即便狮子认出太子，也不会伤他一根毫毛。本能非同小可！本能让我当了懦夫。因此，我这辈子对自己，还有你，都要高看一眼：我是一头勇敢的狮子，而你是当朝太子。可是，主在上，小伙子，我很高兴钱在你们手里。——（向内。）老板娘，把门都关上！夜里留心，明天祷告。③——

---

　　① 指上帝。

　　② 希腊神话中的大力神，有十二神迹。

　　③ 此处显然是福斯塔夫的戏谑之语。《圣经》教导信徒要向上帝祷告，警醒自己不要陷入诱惑，参见《新约·马太福音》26:41："要警醒祷告，免得陷入诱惑。"《马太福音》13:33、14:38:（耶稣说）"你们要留心，要警醒。"《以弗所书》6:18:"你们要在祷告中祈求上帝的帮助，常常随从圣灵的带领祷告。要事事警醒，不可放松；要不断地为信徒们祷告。"《歌罗西书》4:2:"你们祷告要恒切，且要警醒，对上帝存感谢的心。"

时髦的年轻人，小伙子们，孩子们，金子
般的好哥们儿，友谊的一切美称都属于
你们！怎么样，咱们乐和乐和？马上来场
即兴表演？

亨利王子　　　好啊，——就演你怎么逃跑的。

福斯塔夫　　　哎呀，哈尔，如果你爱我，别再提这事儿！

（老板娘桂克丽上。）

老板娘　　　　啊，耶稣在上，亲王殿下！

亨利王子　　　怎么，老板娘，你有话跟我说？

老板娘　　　　以圣母马利亚起誓，殿下，宫里来了位贵
族①老爷，说是您父王派来的，等在门口，
要见您。

亨利王子　　　尽可能把他当至尊②老爷款待，然后打发
他回我妈那儿。

福斯塔夫　　　是个什么样的人？

老板娘　　　　一个老头儿。

福斯塔夫　　　一大把年纪，夜里不待在床上，跑来干吗？
——我去回复他？

亨利王子　　　请你去吧，杰克。

①是当时的币名，"贵族"在此具双关意：1.贵族；2.币名，"一贵族"等于六先令
八便士。
②亦是币名，"至尊"在此具双关意：1.王室至尊；2.币名，"一至尊"等于十先令。
亨利王子拿老板娘的话打趣，言外之意是：把来的这个值六先令八便士的"贵族"当
个值十先令的"至尊"款待。

福斯塔夫　以信仰起誓，我一定把他打发走。（下。）

亨利王子　先生们，听好：——圣母在上，你们都打得好；——皮托，打得挺好；——巴道夫，也打得很好：你们都是狮子，出于本能才逃跑。你们不愿加害当朝王子；呸！活见鬼！

巴道夫　以信仰起誓，我一见别人跑，就跟着跑了。

亨利王子　以信仰起誓，现在跟我说实话，福斯塔夫的剑怎么弄出那么多缺口？

皮托　咳，他用短剑把长剑砍豁，说只要你相信剑的豁口是拼杀出来的，他宁愿昧着良心发誓将真理赶出英格兰，还劝我们也这样弄。

巴道夫　是呀，他还让我们用针茅草捅鼻孔，弄出血来，然后把鼻血涂衣服上，赌咒说这是老实人的血。我照着弄了，有七年没这么弄了。——听他说这邪门歪道的怪招儿，我脸都红了。

亨利王子　无赖啊！从你十八年前偷了一杯萨克酒被人抓住，脸红就成了习惯，一直到现在，你的脸说红就红。你一张火红的脸，腰上还佩着剑，居然掉头就跑。这是哪家的本能？

巴道夫	(以手指脸。)殿下,你看见我脸上这些红斑吗? 这些流星似的红斑?①
亨利王子	看见了。
巴道夫	你认为它们预示什么?
亨利王子	醉得晕晕乎乎,穷得叮当乱响。
巴道夫	若是猜准了,殿下,这是急性子。
亨利王子	不对,若是抓住了,这就是吊脖子的绞索。②

(福斯塔夫上。)

	瘦子杰克来了,皮包骨头来了。——怎么样,亲爱的棉花包③先生,打上次你看见自己的膝盖,杰克,到现在多久了?
福斯塔夫	我自己的膝盖? 在你这个岁数,哈尔,鹰爪那一握都比我要粗;我能钻到随便哪个郡长的指环里去④。遭天瘟的叹息和悲伤啊! 竟能把人吹胀,像个大气泡。——你父亲派约翰·布雷西爵士⑤到这儿来,要

---

①巴道夫不仅酒糟鼻子赤红脸,脸上还有许多因酗酒引起的脓包或红疹。而当时认为流星属于不祥之兆。

②巴道夫和亨利王子的这两句话,有两层双关意。"若是猜准了"的双关意为:"若是抓住了"。英文中"急性子"与"绞索"发音相近。亨利王子言外之意是:当劫匪一旦被抓住,就会被绞死。

③亨利王子以"棉花包"喻指福斯塔夫夸夸其谈、空话连篇。

④伊丽莎白时代的英格兰,地方官员常在大拇指上戴金质指环。

⑤在 1598 年该剧第一四开本中,此名写为"约翰·布雷西爵士",1623 年第一对开本中,写为"约翰·布雷比爵士"。

你明天务必进宫。外面传的消息不妙：北方的那个疯子珀西①，加上威尔士那位②，他曾用棍子把恶魔阿迈蒙③臭揍一顿，给魔鬼路西法④戴过绿帽子，还凭手里威尔士戟上的十字架，逼魔鬼发誓做他的忠实仆人，——嘿，该死的，他叫什么？

波恩斯 啊，格兰道尔。

福斯塔夫 欧文，欧文——就是他，还有他女婿莫蒂默、诺森伯兰那老东西，加上苏格兰人里的人尖儿道格拉斯，他身手矫健，骑马在陡峭的山上如平地一般，——

亨利王子 他骑马飞奔，手枪一甩，能打死一只飞着的麻雀。

福斯塔夫 你说到点子上了。

亨利王子 他从没打中过麻雀。

---

① 即霍茨波。
② 即格兰道尔。
③ 一个恶魔的名字。
④ 在此或指《圣经》中的魔鬼撒旦。也可能指的是巴比伦国王尼布甲尼撒二世（Nebuchadnezzar Ⅱ,630BC—561BC），他曾征服犹太国，耶路撒冷被洗劫一空，所有活着的居民几乎全部被掳到巴比伦，史称"巴比伦之囚"。在《圣经·旧约》中，尼布甲尼撒是上帝惩罚犹太人罪恶的工具，在詹姆斯一世国王钦定版《圣经》中称为"Lu-ci-fer"（路西法）和"son of morning"（早晨之子），在后来的《圣经》版本中，则改为"morning star"（早晨之星）和"son of the dawn"（黎明之子）。参见《旧约·以赛亚书》14：12："巴比伦王啊！你这早晨之星（路西法），黎明之子，已经从天上坠下来了。你征服过列国，现在却被摔到地上了。"

福斯塔夫　　　好吧,反正这家伙有胆量,不会跑的。

亨利王子　　　怎么,你不是刚夸过他跑得快!

福斯塔夫　　　他骑马跑得快, 你这没脑子的布谷鸟①!
下了马,寸步难移。

亨利王子　　　是的,杰克,这出于本能。

福斯塔夫　　　我承认,他是出于本能。——对,他也在
那儿,还有个莫达克,外加一千多蓝帽子
士兵②。伍斯特今晚偷偷溜了,你父亲一
听这消息,胡子都急白了。眼下你可以买
地③了,价钱比臭鲭鱼④还便宜。

亨利王子　　　这很可能,如果烈日⑤当头,战乱不断,我
们将以买鞋钉的价钱买处女,几百几百
的买⑥。

福斯塔夫　　　以弥撒起誓,小伙子,你说得太对了。看
这样子我们要来好买卖⑦了。不过告诉
我,哈尔,你不担惊受怕吗? 身为王位继
承人,世上还能给你挑出像魔鬼道格拉

---

① 福斯塔夫意指亨利王子不动脑子只会重复他说过的话,不断说"骑马"和"跑"。
② 苏格兰人喜欢戴蓝色帽子,故戴蓝帽士兵即指苏格兰士兵。
③ 当时,土地价格如此便宜,可能因土地拥有者急于卖地筹款打仗,也有可能
因战争土地卖不出高价。
④ 或暗指皮条客和妓女。
⑤ 或有太阳发怒/好色的意味。
⑥ 指不断的战乱会使"成百成百"的女性被强奸或贱卖。
⑦ 含有性意味,暗指妓女和性行为。

斯、魔精珀西、魔怪格兰道尔这样的三个
敌人吗？你不吓得发抖吗？听到这消息，
你的血没变冷吗？

亨利王子　　以信仰起誓，一点儿也不，我缺你那种本能。

福斯塔夫　　好吧，等明天你见了你父亲，他准得骂
死你。如果你爱我，还是先练练到时怎
么应答。

亨利王子　　那你扮我父亲，查问一下我的生活细节。

福斯塔夫　　我扮你父亲？太好了。——拿这把椅子
当我的王座，这把剑当我的权杖，这个垫
子就是我的王冠。

亨利王子　　你的王座是一个折叠凳，你的金权杖是一
把铅剑，你那珍贵富丽的王冠，就是一个
可怜的秃脑袋！

福斯塔夫　　嘿，如果你身上还有那么点儿神的恩典，
现在该动了真情才对。——给我来杯萨
克酒，好让眼睛发红，叫人见了以为刚哭
过，因为我说话一定得带激情，那激昂的
调子活像冈比西斯王①在世。（喝酒。）

---

　　① 居鲁士（Cyrus the Great, 559BC—530BC）之子，公元前五世纪的波斯国王。此
处所指，是剧作家托马斯·普雷斯顿（Thomas Preston, 1537—1598）1569 年的旧剧
《波斯王冈比西斯传》中的冈比西斯王，剧中他被塑造成一个说话夸张、腔调激昂的
暴君。

亨利王子	好，那我有礼了。（鞠躬或单膝跪下。）
福斯塔夫	我要说话了。——各位往边上站①。
老板娘	啊，耶稣，以信仰起誓，好戏开场了。
福斯塔夫	别哭，亲爱的王后②，掉眼泪不管用③。
老板娘	啊，上帝做证，瞧他板着脸的那样子！
福斯塔夫	看在上帝分上，诸位贤卿，送我悲伤的王后回宫，因为她的双眼塞满了泪水。
老板娘	啊，耶稣，他跟我见过的那些戏痞子一样！
福斯塔夫	（向老板娘。）别吵，好品脱壶，别吵，好烧酒。④（老板娘下，或由巴道夫陪下。）——哈尔，我不仅好奇你怎么打发时间，还很好奇你都结交了些什么人，因为，尽管春黄菊越踩越疯长，青春年华可是越浪费，消磨得越快。你是我的儿子，一来，因为你母亲这么说，二来，我也这么觉得，但主要还是，从你那怪异的眼神和垂着下唇的蠢样儿，叫我坚信不疑。如果你真是我儿子，那问题来了：——为什么你当了我的儿

---

① 福斯塔夫叫人往边上站，空出一块地方，以便他和亨利王子表演好戏。

② 福斯塔夫入戏，故意把酒店老板娘称为"王后"。此处，"王后"（queen）或与"妓女"（quean）谐音双关。

③ 可能是老板娘见好戏开场，激动得流泪，福斯塔夫调侃说"掉眼泪不管用"。

④ 福斯塔夫烦老板娘一个劲儿吵吵，叫她"别吵"。"品脱壶"，指装一品脱酒量的酒壶。品脱壶可能是老板娘的外号。"好烧酒"，也是对老板娘的代称。

子,就要被人说长道短？难道天上受祝福
的太阳①,真是一个成天嘴里嚼着乌梅的混
子?这个问题无须问。难道英格兰的王子,
真是一个偷人钱袋的窃贼?这个问题必须
问。哈尔,有样儿东西你常听人说,国人也
大都知道,叫沥青。按古代文人所说,沥青
这东西逢物必污,交友也是这个道理。②哈
尔,此刻我对你所说,不是酒后胡言,而是
泣泪之语;并非戏言,而是情之所至;不只
是空口白话,而是一腔悲痛。不过,我常听
人提起,你有一位品行端正的朋友,只是
不知他叫什么。

亨利王子　　　恭请陛下告知,这是一个什么样的人?

福斯塔夫　　　一个胖出了尊严的人,以信仰起誓,一个
体态壮硕的人:他长得慈眉善目,和颜悦
色,气度非凡。依我看,年龄五十开外,圣
母在上,也可能年近六旬。我一下想起来
了,他叫福斯塔夫。倘若他品行恶劣,就
算我看走了眼;因为,哈尔,一眼便能看

---

① "太阳"（sun）与"儿子"（son）双关。

② 意思即"近朱者赤近墨者黑"。《圣经》亦有这方面的教训,规劝人不要与坏人
交往,否则将会染上恶行。参见《旧约·德训篇》13:1:"凡摸沥青的人,将不洁净。凡与
傲慢者来往的人,会和他一样傲慢。"

出他神情里的美德。假如由果可知树，恰如由树可知果①，那我敢断言，福斯塔夫一定美德在身：只跟他交朋友，把别人都赶走。现在告诉我，你这淘气的坏孩子，这个月你去哪儿鬼混了？

亨利王子　国王像你这样说话吗？还是你扮我，我扮我父亲。

福斯塔夫　废黜我？假如你的言谈、气度，能有我庄重、威严的那股劲儿的一半，你就把我脚丫子冲上倒吊起来，就像把一只还没断奶的兔崽子，或家禽店里的野兔倒吊起来一样。

亨利王子　好，我坐在这儿。（亨利王子推开福斯塔夫，落座。）

福斯塔夫　那我站这儿。——有劳各位看客②，评评谁更像国王。

亨利王子　怎么，哈尔，你这是从哪儿来呀？

福斯塔夫　尊贵的主上，从东市街来。

亨利王子　我听到不少人们对你的抱怨，说得很严重。

---

　　① 此处是对《圣经》的化用，参见《新约·马太福音》12:33："好果树才结好果子，坏果树一定结坏果子。从所结的果子可认出一棵果树的好坏。"《路加福音》6:43—44："好树不结坏果子，坏树也不结好果子；树的好坏从它的果子分辨出来。"

　　② 酒店里还有其他客人。

福斯塔夫　　　我以上帝的血起誓，主上，他们全是造谣。
　　　　　　　——不，以信仰起誓，我扮亲王是为哄你
　　　　　　　们开心。①

亨利王子　　　没教养的孩子，谁要你起誓？从今往后，
　　　　　　　别再来见我。你被人引到了邪路上，情况
　　　　　　　很糟：有个胖老头儿模样的魔鬼缠住了你；
　　　　　　　——你那朋友就是一只大酒桶。为什么
　　　　　　　你要结交这个脾气古怪的箱子②，这个盛
　　　　　　　满淫邪的容器，这个水肿的大鼓包，这个
　　　　　　　装满萨克酒的大皮囊，这个塞满内脏的大
　　　　　　　衣袋，这个一肚子布丁的曼宁特里③烤牛，
　　　　　　　这个值得尊敬的"罪恶"④，这个头发灰白
　　　　　　　的"邪恶"⑤，这个年老的"恶棍"，这个上
　　　　　　　了岁数的"虚妄"⑥？除了尝萨克酒、喝萨
　　　　　　　克酒，他有什么本事？除了切阉鸡、吃阉
　　　　　　　鸡，他有什么能耐？除了精于算计，他有
　　　　　　　什么真知灼见？除了专干坏事儿，他有什
　　　　　　　么一技之长？他所干的，哪一样不是在作

① 此句可能是福斯塔夫对观众说的旁白。
② 指福斯塔夫巨大的庞大的身体。
③ 埃塞克斯郡一城镇，当地集市的烤全牛声名远扬。
④ 英国中世纪道德剧中诱惑年轻人犯错的喜剧角色。
⑤ 英国中世纪道德剧中具有讽喻性的一个角色。
⑥ 与"恶棍"一样，都是英国中世纪道德剧中的人物。

恶？他所做的，又有哪一件值得称道？

福斯塔夫　　　　恳望陛下明示，陛下所指何人？

亨利王子　　　　就是那个邪恶的、令人讨厌的、误导年轻人的福斯塔夫，那个白胡子老撒旦。

福斯塔夫　　　　主上，我认识此人。

亨利王子　　　　我知道你认识。

福斯塔夫　　　　可是，说我知道他的罪过比我多，那等于我在说不知道的事儿。他老了，头发灰白便是明证，——怪可怜的。然而，说他是——请原谅我的用词，—— 一个淫邪之人，我决不认账。假如喝点儿加糖的萨克酒也算犯错，愿上帝救助恶人！假如老人找点儿乐子也算罪过，那我认识的好多酒店老板都得遭诅咒下地狱；假如胖子也该遭人恨，那法老的瘦牛①就该惹人爱。不，我的好主子，赶走皮托，赶走巴道夫，赶走波恩斯，可是，却不能把可爱的杰克·福斯塔夫、善良的杰克·福斯塔夫、诚实的杰克·福斯塔夫、英勇的杰克·福

————

① "法老的瘦牛"，此为对《圣经》的化用，参见《旧约·创世记》41：1—31，描述埃及法老梦见有七头肥壮母牛到河边吃草，随后又有七头瘦弱的母牛来到河边，吃掉了七头肥壮的母牛。约瑟解释说，肥牛预示丰年，瘦牛预示灾年，因此，这预示着将有七个饥荒之年降临，把七个丰年的积蓄吃掉。福斯塔夫借此向亨利王子强调自己肥胖得可爱，千万别赶他走。

斯塔夫赶走；别看杰克·福斯塔夫上了岁数，他是老而弥坚。千万别把他从哈尔身边赶走，千万叫他陪着哈尔：赶走肥溜圆的胖杰克，就是赶走了整个世界。

亨利王子　　　我偏要赶他，一定把他赶走。（内敲门声。老板娘桂克丽、弗朗西斯、巴道夫下。）

（巴道夫奔上。）

巴道夫　　　啊，殿下，殿下！治安官带了好大一群治安员①到门口了。

福斯塔夫　　滚开，你这混蛋！——让我把戏演完：我还有好多话要替那个福斯塔夫说呐。

（老板娘桂克丽上。）

老板娘　　　耶稣啊，殿下，殿下！

亨利王子　　嗨，嗨！魔鬼骑在琴弓上，有什么大惊小怪②；怎么回事？

老板娘　　　治安官和所有治安员都在门口：他们要搜查这酒店，让他们进来吗？

福斯塔夫　　哈尔，听见了吧？永远别把一块真金当冒牌货③；尽管面儿上看不出来，其实你就

---

① 治安员职责是在夜间维护街道秩序。
② 谚语"魔鬼骑在琴弓上"意为"何事大惊小怪！"
③ 这句话可能是福斯塔夫自夸，尽管此前亨利王子骂他胆小、虚伪，但他在此向王子表示忠于王室（真金），而且，自身价值也如真金一般，不是冒牌货。

是个疯子①。

亨利王子　　撇开本能，你也还是一个胆小鬼。

福斯塔夫　　我否认你的推论②。你若不准治安官进
　　　　　　门，很好；要不，就让他进来。我若不能像
　　　　　　别人似的叫囚车③看着顺眼，就让我的教
　　　　　　养④遭天瘟！我希望像别人似的，赶紧吊
　　　　　　死完事儿。

亨利王子　　去吧，你躲到大挂毯后面，——其他人都
　　　　　　上楼。听好，各位，全都摆出一副诚实面
　　　　　　孔和问心无愧的样子。

福斯塔夫　　这两样儿我原来都有，现在都过期了，还
　　　　　　是藏起来吧。（躲大挂毯后。）

亨利王子　　叫治安官进来。（除亲王、皮托，其余人均下。）

（治安官及挑夫上。）

亨利王子　　喂，治安官先生，找我什么事？

治安官　　　首先，请殿下原谅，是一群治安员吵嚷着
　　　　　　追踪一伙儿贼人来到这家酒店。

亨利王子　　什么贼人？

---

①此句含义颇有歧义，包含意思为：尽管你表面显得很真诚，其实你是演戏
骗人。

②即"大前提"。福斯塔夫认为，亨利王子说他是胆小鬼这个"大前提"是按逻辑
推论出来的，他拒不承认。

③将死刑犯送往绞架的四轮马车。

④福斯塔夫自认有良好教养，上绞架也要有骑士风度。

治安官	其中一个大伙儿都认得，仁慈的殿下，是个肥大胖子。
挑夫	肥得像黄油。
亨利王子	我向你保证，此人不在这儿。我刚把他派出去。治安官，我向你承诺，我一定叫他明天正午之前去找你或其他任何人，一一回应对他的指控。因此，请你现在离开这儿。
治安官	遵命，殿下。有两位绅士在这起劫案中被抢了三百马克。
亨利王子	有这个可能：他若真抢了这些人，一定要追究他。好了，再见。
治安官	晚安，尊贵的殿下。
亨利王子	我看该道早安，不是吗？
治安官	是的，殿下，我估摸现在有两点了。（治安官、挑夫同下。）
亨利王子	这个肥油油的无赖像圣保罗大教堂①一样出名。——（向波恩斯。）去，叫他出来。
波恩斯	福斯塔夫！——他在挂毯后面睡得很香，呼噜打得像匹马。
亨利王子	听，他喘气有多粗！搜一下他衣兜。

① 圣保罗大教堂是当时伦敦最高的地标性建筑。

（波恩斯搜福斯塔夫衣兜，找到几张纸片。）

　　　　　　　　翻着什么了？

波恩斯　　　　除了几片纸，什么也没有，殿下。

亨利王子　　　我看看上面写的什么：念给我听。

波恩斯　　　　（读）品类：

　　　　　　　　一只阉鸡二先令二便士

　　　　　　　　调味酱四便士

　　　　　　　　二加仑萨克酒五先令八便士

　　　　　　　　晚餐后凤尾鱼、萨克酒二先令六便士

　　　　　　　　面包半便士

亨利王子　　　啊，太吓人了！只半便士面包，就灌下这
　　　　　　　么海量的萨克酒！——还写了什么，先
　　　　　　　收好，等有了闲工夫再看。让他一觉睡到
　　　　　　　天亮吧。我早晨要进宫。我们全得去打
　　　　　　　仗，我给你弄个荣耀的职位。我要叫这胖
　　　　　　　无赖统领一队步兵，我知道，二百四十码
　　　　　　　行军他就送命。那笔抢来的钱，一定要加
　　　　　　　上利息奉还原主。早上准时来见我，就这
　　　　　　　样吧，波恩斯，早安①。

波恩斯　　　　早安，殿下。（同下。）

---

　　①因天色已近黎明时分，亨利王子与波恩斯分别时道的是"早安"。

第三幕

第一场

苏格兰。格兰道尔城堡

（霍茨波、伍斯特、莫蒂默勋爵、欧文·格兰道尔[①]上。）

莫蒂默　　　　这些支持很好,盟友牢靠,我们的序幕充满成功的希望。

霍茨波　　　　莫蒂默勋爵,——格兰道尔老伯,——请坐。伍斯特叔叔,——遭天瘟的! 我忘带地图了。

格兰道尔　　　不碍事,我这儿有。（展示地图。）坐,珀西贤侄,——坐,"暴脾气"好贤侄,兰开斯特[②]一听人提起你这个绰号, 就脸色煞白,连

[①] 欧文·格兰道尔(Owen Glendower, 1359—1415)是历史上最后一位真正享有"威尔士亲王"头衔的威尔士人。1400 年,作为英格兰波厄斯郡的亲王,格兰道尔不满英王亨利四世统治,起兵反叛,统一了威尔士大部分地区,自称"威尔士的欧文四世"。最后被英军打败,下落不明。莎士比亚在该剧中,把格兰道尔写成了一个受巫术和情感支配的野蛮而有异邦情结之人。

[②] 兰开斯特公爵是亨利四世称王之前的封号。格兰道尔故意以此称之,意在刺激"暴脾气"霍茨波。

	声叹息,巴不得你升天堂。
霍茨波	他一听人提及欧文·格兰道尔,便恨不能 你下地狱。
格兰道尔	这不怪他:我出生时,天穹布满火红的形 体和燃烧的火炬①。在我落生那一刻,大 地的框架和基础像懦夫一样瑟瑟发抖。
霍茨波	咳,即使你没落生,你母亲的猫生小猫, 那季节也是这种天象。
格兰道尔	我是说,我出生时,大地在震颤。
霍茨波	若你觉得它是被你吓得发抖,那我要说, 我跟它想法不一样。
格兰道尔	漫天流火,大地颤抖。
霍茨波	啊!大地因漫天流火而颤抖,并不是怕你 降临人世。患病的自然时常突发怪异的 天象;丰饶的大地常受一种疝病之痛的困 扰,那是因为不守规矩的风,被囚禁在大 地的胎宫里,这风使劲儿扩张,震动了老 态龙钟的大地祖母,弄塌了尖塔和蔓生苔 藓的古堡。你降生时,正赶上大地老祖母 犯这个病,疼痛难忍,浑身颤抖。
格兰道尔	贤侄,好多人这么顶撞我,我都忍不了。

---

① 格兰道尔以此形容他出生时天上满是燃烧的流星划过,这是不祥之兆。

　　　　　　我再跟你说一遍：我出生时，天穹布满火
　　　　　　红的形体，山羊飞奔下山，畜群在充满恐
　　　　　　惧的旷野发出怪叫。这些征兆无一不显
　　　　　　示，我乃非凡之人；我平生所经历的一切
　　　　　　都表明，我绝非等闲之辈。——在拍岸的
　　　　　　大海环绕的英格兰、苏格兰和威尔士全
　　　　　　境，——有谁可对我施教，堪为我师？又有
　　　　　　哪个女人生的儿子，能在繁复的学识上追
　　　　　　随我，能在精湛的魔法上与我比肩？

霍茨波　　　我看你的威尔士话①说得比谁都溜。——
　　　　　　我要去吃饭了。

莫蒂默　　　别说了，珀西贤弟，你会把他逼疯的。

格兰道尔　　我能从巨大的深渊里召唤精灵。

霍茨波　　　嘿，我也能，随便谁都能。可到你真召唤
　　　　　　的时候，他们来吗？

格兰道尔　　哈，贤侄，我可以教你怎么指使魔鬼。

霍波茨　　　老伯，我可以教你如何用真话羞辱魔鬼：
　　　　　　说真话叫魔鬼蒙羞②。——你若有能力
　　　　　　把他从深渊召到这儿来，我发誓，我就有
　　　　　　力量叫他蒙羞而去。啊，只要你活着，就

---

　　①指胡言乱语。
　　②"真话叫魔鬼蒙羞"是当时流行的一句格言。《圣经》中，魔鬼撒旦被视为谎言之父。

要说真话,叫魔鬼蒙羞!

莫蒂默　　算了,算了,别再闲扯这些没用的。

格兰道尔　　亨利·布林布鲁克三次向我发兵:三次都
　　　　　　被我从瓦伊河①和沙底的塞文河击溃,只
　　　　　　得顶着风雨,无功而返。

霍茨波　　光着脚丫子回家②,天气又这么糟! 以魔
　　　　　　鬼的名义,他怎么没得疟疾?

格兰道尔　　好啦,来看地图:咱们按三方协议,把土
　　　　　　地的权利一分为三?

莫蒂默　　副主教③已将土地平均分成三份:——(手
　　　　　　指地图。)从特伦托河④和塞文河到这儿,
　　　　　　英格兰东南这一块,归我;塞文河以西,
　　　　　　整个威尔士及其所有良田沃土,归欧文·
　　　　　　格兰道尔;——我的好兄弟,特伦托河
　　　　　　以北剩下的所有土地,都归你。协议一式
　　　　　　三份已拟好,还需三方签字、盖章,——协
　　　　　　议今晚即可执行,——明天,珀西贤弟,
　　　　　　你、我,还有伍斯特大人,启程什鲁斯伯

———

①　瓦伊河位于英国西南部,是威尔士和英格兰的界河。
②　上句格兰道尔说"无功而返"(Bootless),霍茨波在此玩文字游戏,以"没有靴子"(without boots)来调侃。
③　此人身份不详,据史料记载,可能是指班戈副主教。班戈是威尔士奎内斯郡的一个城镇。
④　英格兰中部的河流。

里①,按先前的约定,同你父亲和苏格兰
军队会师。我岳父格兰道尔还没准备
好,不过,十四天之内,倒不用他出手相
助。——(向格兰道尔。)这段时间,可以把
你的佃户、朋友和临近的乡绅聚集起来。

格兰道尔　　　无须那么久,我就会陪护着各位的夫人,
前来会合:现在,你们得不辞而别,悄然
启程,因为夫妻分离,泪水长流!

霍茨波　　　　(以手在地图上比画。)我觉得,分我的这块波
顿②以北的土地, 比你们的那两块都小:
看这条河这么弯进来, 把我最好的一片
土地,半月形,好大的一个角,全切走了。
我要在这儿把水截住,给舒缓流淌、泛着
银光的特伦托河,改一条笔直的新河道;
不能让它拐这么深的大弯角, 把我这么
一大片丰饶的河谷夺走。

格兰道尔　　　不拐弯?它是弯的,肯定弯进去。你看,弯
进去的。

莫蒂默　　　　是的,可你看这条河的流向,从我这边也
拐个大弯,割去的土地,跟切掉对岸你那
块,大小差不多。

----

① 英格兰西部一城市,位于威尔士和英格兰交界处。
② 英格兰中部德比郡特伦托河畔的伯顿。

伍斯特	对呀,花点儿钱,从这里开辟一条新河道,叫河水径直流淌,北岸便可获得凸出来的这一大角土地。
霍茨波	我要改河道,何况又花不了几个钱。
格兰道尔	我不允许改道。
霍茨波	你不允许?
格兰道尔	对,不许你改道。
霍茨波	谁敢跟我说不?
格兰道尔	什么? 我说的。
霍波茨	你还是用威尔士语说吧,省得我听懂了生气。
格兰道尔	阁下,我英语一点儿不比你差,好歹也在英格兰宫廷受过训练①;在宫廷那会儿,我还年轻,写了好多优美的英文歌谣,再伴上竖琴演奏,更提升了英语的高雅②。——你一辈子也没这才能。
霍茨波	以圣母马利亚起誓,真庆幸我没这才能。我宁愿变成一只小猫喵喵叫,也不哼着这种流行调子卖唱。我宁愿听黄铜烛台在车床上硬擦出来的刺耳尖啸,或没上油的

---

① 格兰道尔曾做过理查二世的侍臣。
② 格兰道尔言外之意:我那时在英格兰宫廷写的英文诗歌,为英语增添了不少高雅的词汇。

车轮、车轴干磨出来的嘶叫；那声音都没有矫揉造作的诗酸得让我倒牙：①——这种诗活像一匹衰弱的老马，被逼无奈，挪着腿儿赶路。

格兰道尔　好吧，随你给特伦托河改道。

霍茨波　　其实我不在乎：凡够交情的朋友，三倍多的土地，我可以双手奉送。但要谈交易，你听好，一根头发的九分之一，我也非争不可。协议弄好了吗？该出发了吧？

格兰道尔　月光迷人，你们可以夜里出发。我去催一下文书把协议弄好，顺便告知诸位夫人，你们已启程。我担心我女儿得疯喽，她对莫蒂默爱得太深了。（下。）

莫蒂默　　唉！珀西贤弟，你把我岳父顶撞得够呛！

霍茨波　　我也没办法：他有时真叫我生气，净跟我谈些鼹鼠②、蚂蚁、先知梅林③和他的预言，龙、无鳍的鱼，还有剪了翅膀的半狮半鹰的神兽和秃了毛的乌鸦；提到一只蹲伏的

---

① 参见《旧约·耶利米书》31:29："父亲吃了酸葡萄，儿女的牙酸坏了。"《以西结书》18:2："父亲吃了酸葡萄，儿子的牙酸坏了。"

② 据霍林斯赫德《编年史》记载：版图依据一个预言来划分，在这个预言里，亨利四世的形象是一只鼹鼠，其他人被描画成龙、狮子和狼。

③ 相传为亚瑟王的师爷，是宫廷术士和预言家，被圣湖精灵薇薇安用咒语囚禁在一棵树内。

狮子，一只后腿直立、前爪伸开的猫①；诸如此类，扯一堆虚头巴脑的东西，弄得我把信仰都放一边了。告诉你吧，——他昨晚缠着我，起码唠叨了九个小时，把各式各样服侍过他的魔鬼的名字数了一遍。我嘴里"哼"着，喊"别说了，够了"，一个字也没听进去。啊，他烦透了，像一匹疲惫的马，像一个骂街的老婆，简直比一间烟熏火燎的屋子更招人烦。②——我宁愿住在一间偏远的磨坊里，吃奶酪、嚼大蒜，也不愿在耶教国③随便哪个富人的乡间别墅，品着佳肴，听他废话连篇。

莫蒂默　说真的，他是一位令人尊敬的绅士，饱读诗书，精通奇妙的秘术，像狮子一样勇猛④，为人却非常友善，像西印度群岛的矿藏一样慷慨。老弟，我该告诉你吗？他对你的性情十分敬重，你顶撞他时，他极

① 此为纹章学用语，描绘的是贵族纹章上动物的姿态，如"蹲伏的狮子""后退直立、前爪伸开的猫"。

② 参见《旧约·箴言》21:19："宁可住在荒野，不跟爱唠叨、好埋怨的女人同住。"25:24："宁愿住在屋顶的一角，不跟爱唠叨的妻子同住宽敞的房屋。"27:15："爱唠叨的妻子像淫雨滴滴答答。"

③ 指信仰基督教的国家。

④ 参见《旧约·箴言》28:1："邪恶之人无人追赶也逃跑；/正直之人却像狮子一样勇敢。"

力克制自己的烈性子，——以信仰起誓，
他做到了：我敢担保，这世上还没谁像你
这样，顶撞了他，却毫发无损，还不受谴
责。不过，我恳求你，别老这样。

伍斯特　　　　　(向霍茨波。)说实话，阁下，你太固执、太任
性，理应受到责备。从你到这儿来，你的
言行快把他的耐心逼到极限了。这毛病
你一定得改，虽然它有时证明着你的伟
大、勇敢和血性，——这是你最值得称道
的长处，——但也时常代表着你的缺点：
粗暴易怒，不讲礼数，没自制力，自高自
大，傲慢无礼，固执己见，待人轻蔑。一个
高贵之人，哪怕只沾染一点儿这种毛病，
便会失掉人心，使他的一切美德受到玷
污，使他应得的赞美丧失殆尽。

霍茨波　　　　　好，受教了：愿礼貌带给你好运！夫人们
来了，我们向她们辞行。

(格兰道尔偕夫人们上。)

莫蒂默　　　　　我老婆不会英语，我不会威尔士语，叫我
伤透脑筋，烦死了。

格兰道尔　　　　我女儿哭了，她不愿跟你分开，她也要当
兵，跟你一起去打仗。

莫蒂默　　　　　好岳父，跟她说，你很快就会带着她和我

珀西姑母①来的。

(格兰道尔同莫蒂默夫人用威尔士语一说一答。)

格兰道尔　　她不顾一切,铁了心:一个又倔又犟的贱
　　　　　货,无论怎么劝都不管用。

(莫蒂默夫人向莫蒂默说威尔士语。)

莫蒂默　　我懂你的神情:从你盈盈泪眼的天泉涌出
　　　　　来的动听话语,我再明白不过,但碍于脸
　　　　　面,我不能与你泪眼相对②。——(夫人再用
　　　　　威尔士语说话。)我懂你的亲吻,你懂我的亲
　　　　　吻:这是一种心心相印的情感交流。不过,
　　　　　亲爱的,在学会威尔士语之前,我绝不逃
　　　　　学,因为你的唇舌,使威尔士甜美得犹如
　　　　　一个美丽王后在夏日凉亭里伴着琉特
　　　　　琴③唱出的迷人诗篇。

格兰道尔　　不,你若心软,她就会发狂。

(莫蒂默夫人再用威尔士语说话。)

莫蒂默　　啊,她说了什么我一点儿不懂!

格兰道尔　　她要你在繁茂的芦苇地躺下,把你尊贵的
　　　　　头枕在她膝上;她要唱你爱听的歌,让

---

① 莎士比亚将两个埃德蒙·莫蒂默搞混了。珀西夫人(霍茨波之妻)伊丽莎白·莫蒂默,实际上是娶了格兰道尔之女(即霍茨波姑母)的那位莫蒂默的姐姐。

② 上一句,格兰道尔说莫蒂默夫人要当兵去打仗,莫蒂默在此或以"泪眼相对"暗含"军事谈判"的意味,言外之意是:你现在要跟我走,没什么好谈。

③ 15 世纪流行的一种类似于吉他的拨弦乐器,外形类似琵琶。

> 睡眠之神降临你的眼睑，让舒心的倦意
> 迷醉你的血液，营造半睡半醒的分野，好
> 似白昼之不同于黑夜，恰在那一刻，太阳
> 神的马车，尚未从东方开启黎明的金色
> 之旅①。

莫蒂默　　　我愿坐下来，一心一意听她唱歌：我估计，
　　　　　　等她唱完，咱们的协议也拟好了。

格兰道尔　　就这么办。那些悬在三千里外的空中乐
　　　　　　师②，马上来这儿为你演奏：坐下，听吧。

霍茨波　　　来呀，凯特，你躺下的姿势③最美：来，赶
　　　　　　快，赶快，我好把头枕在你的膝上。

珀西夫人　　去你的，你这反复无常的笨鹅！(音乐奏起。)

霍茨波　　　我觉出来了，魔鬼懂威尔士语，因此，他
　　　　　　这么任性一点儿不稀奇。以圣母马利亚
　　　　　　起誓，他是位好乐师。

珀西夫人　　那你也该除了音乐不会干别的，因为你
　　　　　　完全受怪脾气指使。安静躺下，你这贼人④，
　　　　　　听夫人用威尔士语唱歌。

---

　　①指罗马神话中太阳神阿波罗驱使的黄金马车，每天的黎明以阿波罗驾车在
东方巡游开启。"黄金之旅"或有"皇家之旅"的意味，格兰道尔以此暗指自己的不臣
之心。

　　②格兰道尔意指这些乐师都是他召唤来的空中的精灵。

　　③此处或有性暗示，指性姿势最美。

　　④夫人戏称丈夫为"贼人"，或暗示很高兴这个男人像"贼"一样把自己娶了来。

霍茨波　　　　　　我宁愿听我的母狗"夫人"用爱尔兰语①
　　　　　　　　　狂吠。

珀西夫人　　　　　要我敲破你的头吗?

霍茨波　　　　　　不。

珀西夫人　　　　　那就安静。

霍茨波　　　　　　也不,这是女人的毛病②。

珀西夫人　　　　　愿上帝帮你!

霍茨波　　　　　　帮着上威尔士女人的床。

珀西夫人　　　　　你说什么?

霍茨波　　　　　　别出声! 她唱了。

(莫蒂默夫人用威尔士语唱歌。)

霍茨波　　　　　　(向珀西夫人。)来,凯特,我也要你给我唱歌。

珀西夫人　　　　　说实话,我不会。

霍茨波　　　　　　说实话,你不会! 心肝儿! 你赌咒活像一
　　　　　　　　　个糖果商的老婆。什么"说实话,我不给
　　　　　　　　　你唱"。什么"实话就像我的命"。什么"假
　　　　　　　　　如上帝救我"。什么"像大白天似的千真
　　　　　　　　　万确"! ③你尽拿这些薄绸子赌咒④,好像

────────────

　　①霍茨波给自己的母狗起名叫"夫人","爱尔兰语"则含侮辱之意,或暗示其母
狗是爱尔兰种。

　　②此处或可有两种解释:1.女人的特性是说起话来喋喋不休,霍茨波故意说反
话:女人的毛病是"不出声"。2.此处为霍茨波夫妇在调情,因女性新婚在性事的特点
是"安静",而"敲破头"暗指新婚之夜新娘被"破处","毛病"暗指"阴道"。

　　③这一连串赌咒,是霍茨波意在讥讽当时流行的装腔作势的誓言。

　　④指发誓的咒语都像薄绸子一样没有分量。

从没踏出过芬斯伯里①一步②。要发誓，凯特，像你这样的贵夫人，那句赌咒的话，得落地有声才行，别老把"说实话"挂嘴上；把这类胡椒姜饼似的没嚼头儿的咒语，留给那些穿天鹅绒镶边衣服和只在礼拜天才穿漂亮衣服的人！来，唱一个吧。

珀西夫人　　我不唱！

霍茨波　　　唱歌是把人变成裁缝③或给知更鸟当老师④的捷径。协议若拟好，我两个小时之内出发；因此，只要你们愿意，随时进来。（下。）

格兰道尔　　来，来，莫蒂默勋爵，你总那么慢吞吞的，不像珀西勋爵心急火燎地恨不得立即启程。这时候，协议该拟好了，等我们签完字盖好章，立刻打马出发。

莫蒂默　　　满心赞同。（同下。）

---

① 伦敦一个区，位于泰晤士河南岸。
② 此句嘲笑夫人没出过远门，缺乏见识，只知拿没分量的轻薄话赌咒发誓。
③ 当时裁缝都善于歌唱。
④ 指歌唱好了，可以教知更鸟唱歌。

第二场

伦敦。王宫

(亨利四世、威尔士亲王及众臣上。)

亨利四世　　　　各位大人，请先退下。我要和威尔士亲王单独谈谈。但别走开，我一会儿还找你们有事。(众臣退下。)——我不知这是否是上帝的安排，还是我所作所为①冒犯了上帝，因此，上帝才暗中审判，给我养出这样的后代，报复我，惩罚我；而你的人生经历又使我相信，你生来就是要猛烈报复我，做上天的鞭子，惩罚我的罪孽。②否则，告

---

①指自己犯下的篡位并谋杀理查二世的罪孽。
②《圣经》中时常提及上帝对罪人的惩罚。参见《旧约·诗篇》89：31—32："如果他们离弃我的教训，/ 不谨守我的诫命，/ 我就要因他们的罪惩罚他们；/ 我要因他们的过犯鞭打他们。"《约伯记》21：9："他们的家安宁，无所恐惧；/ 上帝惩罚的杖不临到他们。"《耶利米哀歌》3：1："我被上帝惩罚，/ 深深体验到苦难。"《新约·犹大书》7："他们行为淫乱，放纵反自然的性欲，因此受那永不熄灭之火的惩罚。"

诉我,像这种放纵、下贱的欲望,这种可
怜、卑鄙、低俗、恶劣的行为,这种无聊的
娱乐、粗鲁的伙伴,所有这一切,配得上
你伟大的血统吗? 与王室高贵的心灵相
称吗?

亨利王子　　陛下,但愿我能以诚实的理由为自己开脱
所有罪责,我确信,我能洗刷许多强加给
我的指控。可我还是祈求陛下酌情开恩,
因为,我要反驳好多捏造的故事,——伟
人总难免听到流言蜚语,——这都是那
些笑眯眯的谄媚者、告密者以及飞短流长
之辈编出来的。我愿坦白承认,由于年纪
尚轻,误入歧途,确实做了一些错事,请
宽恕。

亨利四世　　上帝宽恕你! ——不过,哈尔,我很惊讶,
你的情趣嗜好跟你所有祖先的飞翔方向
相差太远。你因行为过激①,已失去枢密
院的职位,由你弟弟补缺;你在整个宫廷
和王室贵族的心里,几乎形同路人。你年
轻的希望和期待毁了,而且,每一颗灵魂
都预见到你的堕落。假如我当初也像你

---

①这是威尔士亲王最不当的行为之一:大法官要将亲王的一个伙伴关进监狱,
亲王动手打了大法官,遂被枢密院除名。

这么招摇过市,在国人眼里如此粗俗平庸,与狐朋狗友热乎得不分彼此,那拥我登上王位的公众舆论,一定会继续效忠旧主①,把我丢在可耻的放逐之中,变成一个无足轻重、毫无前途的平民。由于我很少抛头露面,一旦像彗星一样出现,便引起轰动,人们会惊异地告诉自己的孩子:"那就是他!"别人还会问:"在哪儿?哪个是布林布鲁克?"然后,我用取自上天的所有礼貌,摆出一副谦恭姿态②,赢得了民众内心的效忠,他们甚至当着国王③的面,向我发出欢呼致敬。④就这样,我让自己的形象保持新鲜,每一次露面,便像教皇的袍服,不引起惊叹,绝不出现:我的

---

① 指百姓仍会继续效忠被亨利四世废黜的理查二世。

② 谦恭、谦卑、谦逊的态度,是《圣经》倡导的美德之一。参见《新约·彼得前书》5:5:"你们年轻人应该服从长辈。大家要系上谦卑的围裙,彼此服侍;因为圣经上说:'上帝敌对骄傲之人,赐恩典给谦卑之人。'"

③ 此处国王指理查二世。

④ 此处是亨利四世在教导亨利王子如何"赢得民心"。《圣经》中写到押沙龙如何收买人心,参见《旧约·撒母耳记下》15:5—6:"如果有人走近押沙龙,要拜他,押沙龙就伸手扶住他,亲吻他。押沙龙向每一个到王那里求审判的以色列人都这样做,因此赢得了人民的心。"本剧第四幕第三场,霍茨波说:"单凭这副貌似正义的面目,他(亨利四世)赢得了想要谋取的人心。"莎士比亚或以此暗指亨利四世"赢得民心",得以"篡"了理查二世的王位,正如押沙龙笼络人心是为篡父亲大卫的王位,同时意在告诫亨利王子要想顺利继承王位,必须学会如何"谋取"人心。

威仪也这样,极其罕见,却极尽奢华,展
示出来便像一场盛宴,因其罕贵,才赢得
如此隆重的庄严。而那位轻浮的国王,跟
那些浅薄的弄臣和鲁莽的柴火脑子①,漫
无目的来回溜达,一点即燃,一烧就完。
他糟蹋了自己的尊严,跟喋喋不休的傻
瓜②瞎混,任凭他们的讥笑亵渎他伟大的
名字;他不顾王室名誉受损,和那些嘲弄
他的孩子们说笑,他居然能忍受每一个
嘴上没毛的混混儿打着比方笑话他。他
与市井小人结伴为伍,为讨好百姓,他恨
不得把自己卖喽。老百姓一天到晚见他,
眼睛都看饱了,好像吃蜂蜜吃得反胃,一
尝甜食就恶心,哪怕多尝一点点,也会觉
得太多了。③所以,真到该露面的时候,他
不过像六月的布谷鸟④,叫一声,没人留
心;——谁见了,顶多用见惯生厌的迟钝
眼神瞅一眼,不再投来特别的注意。人们

---

① 英国古语,指头脑灵活,但不持久。

② 指专为逗国王开心的弄臣、愚人、小丑。

③《圣经》教导人们为人处世要像饮食一样适可而止。参见《旧约·箴言》25:16:
"别吃过量的蜂蜜,多吃会使你呕吐。"27:7:"饱足之人拒绝蜂蜜,/饥饿之人连苦涩
的食物也觉得甘甜。"

④ 人们在早春听到布谷鸟的叫声会觉得稀罕,六月再听布谷鸟叫,早已稀松平常。

目睹太阳般的尊严，因其很少闪耀，才投去钦敬的目光。而人们见了他，会拿出一副愠怒的人们见了仇人才有的表情：耷拉眼皮，昏昏欲睡，满脸倦怠，因为实在看够了，看腻了，看饱了。你就是这类人，哈尔，这正是你的处境，你因结交低俗的市井下三烂，已失去王子的尊严：你的丑行恶态谁都看烦了，没人理你。只有我，还惦记多看你两眼；此时，我的双眼正做着不情愿的事，——愚爱深情已使我泪眼昏花。

亨利王子　最仁慈的父王，从今往后，我说话做事，一定更符合王子身份。

亨利四世　无论哪个方面，这时的你都正如当年的理查，那时我刚从法国回来，在雷文斯堡登陆①；而当年的我又恰似眼前的珀西。现在，以我的权杖，再加上我的灵魂起誓，比起你这个影子似的王位继承人，他更有荣耀的资格登上王位：他没有正当权利，连正当权利的借口都找不着，可他的铁骑却在王国各处驰骋，挥师向武装到牙

---

① 英格兰约克郡洪伯河口一海港。1399 年，流放中的亨利·布林布鲁克在此登陆，回到英国。

Prince Henry. I will die a hundred thousand deaths
Ere break the smallest parcel of this vow.
King Henry. A hundred thousand rebels die in this!—
Thou shalt have charge and sovereign trust herein.
Act III. Scene II.

齿的狮子①挑战。他年纪不比你大②,却能
带领卓有声望的贵族和令人尊敬的主

———

① 指向国王的权力挑战。狮子是传统的王室象征。
② 历史上的霍茨波实际比亨利王子大二十三岁。

　　　　　　　教,挑起血腥的厮杀和毁灭性的战争。他
　　　　　　　战胜著名的道格拉斯,赢得了何等不死的
　　　　　　　荣耀!道格拉斯作战凶猛,功勋卓著,威名
　　　　　　　远扬,在所有信耶稣的基督教王国,真乃
　　　　　　　杰出将才! 可那霍茨波,一位襁褓中的马
　　　　　　　尔斯①,一位婴儿勇士②,作战中一连三次
　　　　　　　击败伟大的道格拉斯:生擒一次,又放了,
　　　　　　　跟他成为朋友, 为的是壮大叛军的声势,
　　　　　　　撼动我王位的和平与安全。你对这事有何
　　　　　　　话说? 珀西,诺森伯兰,约克大主教,道格
　　　　　　　拉斯, 莫蒂默, 已签约结盟, 兴兵谋反。
　　　　　　　——可我跟你说这些干吗?唉,哈尔,我为
　　　　　　　何跟你提我的仇敌? 你才是我最贴心、最
　　　　　　　亲密的敌人! 你很可能,——出于贱奴的
　　　　　　　恐惧、卑劣的动机,以及一时愤怒,——被
　　　　　　　珀西收买,与我作对,狗一样跟着他,他一
　　　　　　　皱眉便鞠躬赔笑,表示你有多么堕落。

亨利王子　　　您别这样想;事情到不了这份儿上:那些
　　　　　　　影响陛下,使您对我不抱希望的人们,愿

---

　　① 罗马神话中的战神。"襁褓中的马尔斯",指霍茨波年轻。
　　② 此处应是对《圣经》意象的化用,参见《新约·路加福音》2:12:"你们要看见一
个婴儿,用布包着,躺在马槽里;那就是要给你们的记号。"亨利四世意在以此夸赞霍
茨波有着非比寻常的勇猛。

上帝宽恕他们！我要用珀西的人头赎回
我的罪孽：总有那么一次，打了胜仗之后，
我身穿血染的征袍，脸上涂着一副血面
具①，向您放胆直言：我是您的儿子。清洗
满脸血污之时，便是我刷掉耻辱之日。那
一天，不管它何时来临，都将是这位集荣
耀、威名于一身的骄子，英勇的霍茨波，
众口赞誉的骑士，与您不被人看好的哈尔
对决。他的所有荣誉都在战盔上，——愿
它们不计其数，愿我头上的耻辱加倍！那
一刻终将来临，我要叫这北方青年用他的
光荣业绩换走我的耻辱。陛下，珀西只是
我的代理人，他不过以我的名义积攒起光
荣的业绩；我得跟他算清这笔账，要他放
弃所有辉煌，没错，连有生之年最微不足
道的荣誉也要交出来，否则，我就撕了他
的心还债。以上帝的名义，我在此承诺，一
定说到做到：假如事成之后，我命犹在，恳
求陛下可以治愈我那放纵养成的长年创

---

① 指满脸血污，好像戴了一副血面具。身穿血衣凯旋，或是对《圣经》意象的化用。参见《旧约·以赛亚书》63:3:"上主回答:'我践踏万国，像踩葡萄一样;我用不着人来帮我。我在愤怒下践踏他们，摧毁了他们;他们的血沾染了我的衣服。'"《新约·启示录》19:13:"他所穿的袍子染满了血。他的名字称为'上帝的道'。"

伤;假如功败垂成,生命的终结便将所有
欠债一笔勾销。我宁愿死十万次,也不愿
丝毫违背这一誓言。

亨利四世　　　这一誓言可消灭十万叛军:——我非常
　　　　　　　信任你,有重任相交。

(布伦特爵士上。)

亨利四世　　　怎么了,布伦特? 瞧你一脸紧急的神情。
布伦特　　　　的确,我要说的事万分紧急。苏格兰的莫
　　　　　　　蒂默勋爵已命道格拉斯和英国叛军于本
　　　　　　　月十一号,在什鲁斯伯里会合:假如签约
　　　　　　　各方均按约行事,这将是一支国内叛乱从
　　　　　　　未有过的强大、可怕的军队。
亨利四世　　　威斯特摩兰伯爵今天已出发,我儿子,兰
　　　　　　　开斯特的约翰勋爵同行。这是五天前的
　　　　　　　旧消息。——哈尔,你下礼拜三动身;下
　　　　　　　礼拜四,我亲自率军出征。哈尔,你行军
　　　　　　　穿过格洛斯特郡,我们在布里奇诺斯①会
　　　　　　　合;这样一算,按照预估,我们各路大军
　　　　　　　约在十二天后,会师布里奇诺斯。

　　　　　　　头绪繁多:让我们分头去办,

　　　　　　　一旦耽搁,反叛会徒增良机。(同下。)

---

　　①位于什鲁斯伯里以北塞文河畔的什罗普郡小镇。

第三场

东市街。野猪头酒店

(福斯塔夫和巴道夫上。)

福斯塔夫　　　巴道夫,自上次交战①之后,我是不是瘦得
　　　　　　　吓人?分量是不是减了?人是不是缩了?
　　　　　　　唉,我的皮肉耷拉着,像老太太的宽松睡
　　　　　　　衣,干瘪得像一只皱了皮的老苹果。好了,
　　　　　　　我要忏悔,趁现在心情不错,立刻忏悔。过
　　　　　　　一会儿心灰意懒,就没精力忏悔了。若说
　　　　　　　我还没忘教堂里面什么样,我就是一粒干
　　　　　　　胡椒,一匹酒贩子疲惫的老马。教堂里面!
　　　　　　　朋友,那帮缺德朋友,把我害惨了!

巴道夫　　　　约翰爵士,你这么焦虑,会折寿的。②

---

①指盖德山那次拦路抢劫。
②《圣经》中有无忧可以长寿的教训。参见《旧约·德训篇》30:23—24:“钟爱你
的灵魂,安慰你的心神,使忧愁远离你,因为忧愁已害死许多人,它对人一无是处。嫉
妒和愤怒使人短命,忧虑使人未老先衰。”

福斯塔夫 　咳,可不是嘛:——来,给我唱一首淫曲儿,叫我乐和乐和。我像任何一个绅士似的天性善良,可善良了:很少赌咒;一星期掷骰子不到七次;逛窑子——不过一刻钟一回;借别人钱——四次或三次是有的;日子过得舒坦,很有节制。现在全乱套了,毫无节制。

巴道夫 　哎呀,约翰爵士,你胖成这样,怎么节制也没用;——约翰爵士,一切合情合理的节制都不管用。

福斯塔夫 　你若改善你的脸,我就改善我的生活:你是我们的旗舰,你的灯笼高挂船尾——你的鼻子上①,你就是一个"燃灯骑士"。

巴道夫 　嘿,约翰爵士,我的脸又没惹着你!

福斯塔夫 　没惹着,我敢发誓。像骷髅或"提醒死亡之物"②对许多人有用一样,你的脸也对我有用:一见你的脸,我就不由自主想到

---

　　① 当时桅杆高挂灯笼的舰船旗舰。巴道夫因纵酒导致酒糟鼻子,福斯塔夫以此讥讽。而"燃灯骑士"则是福斯塔夫模仿传说中的"燃杆骑士"杜撰出来调侃巴道夫,指他的酒糟鼻子犹如"燃灯"一样通红。自然,这一称呼对骑士称号不无嘲弄。

　　② "提醒死亡之物",原文此处为拉丁文"memento mori"。当时有许多人为了用死亡警醒自己,会在指环上刻上骷髅或两根人骨呈交叉状之类的象征死亡之物。

地狱之火和身穿紫袍的"财主"①：他正在你脸上烧着、烧着。哪怕你有一点美德，我都会指着你的脸发誓；那誓言想必是："以这火起誓，那是上帝的天使。"②可是，你缺了德造了孽，的确，你除了脸上这点光亮③，完全是黑暗的儿子。④那天夜里你跑到盖德山上捉我马的时候，我若没把你当成一团鬼火⑤或一团烟火，我的钱就一文不值。啊，你是一场永久的火炬大游行，你是一堆燃不尽的焚尸之火！半夜跟你一起，从一家酒店逛到另一家酒店，我至少省了一千马克的火把钱。可你喝我那么多萨克酒，都够我在欧洲最贵的蜡烛

---

① 此处是对《圣经》的化用，参见《新约·路加福音》16：19—31 "财主和拉撒路"：有一个财主每天衣着华丽，过着奢侈的生活。有一个浑身生疮的乞丐拉撒路，常被人带到财主家门口讨饭。财主见死不救。后来，拉撒路死了，被天使带到天堂享福，财主"在阴间痛苦极了"（遭受地狱之火的煎熬）。

② 此处或是对《圣经》的化用，参见《旧约·出埃及记》（"上帝召唤摩西"）3：2："在那里，上帝的天使像火焰，从荆棘中向摩西显现。""第一对开本"此处无"那是上帝的天使"。《新约·使徒行传》7：30："过了四十年，在西奈山附近的旷野，有一位天使从荆棘的火焰中向摩西显现。"《希伯来书》1：7："关于天使，他说：上帝使他的天使成为风，使他的仆役成为火焰。"

③ 福斯塔夫讽刺巴道夫的酒糟鼻子发红发亮。

④ 此为对《圣经》意象的化用，参见《新约·马太福音》8：12："那些本可成为天国子民的人，反而要被驱逐到外面的黑暗里。"22：13："国王就吩咐仆人：'把他的手脚都绑起来，扔到外面的黑暗里。'"25：30："至于这个无用的仆人，把他赶到外面的黑暗里去。"

⑤ 可能是沼气发出的磷光。

店里买蜡烛了。这三十二年来,我随时用火养着你,把你养成了一条火蜥蜴①。愿上帝为此犒劳我!

巴道夫　以上帝的伤口起誓,愿我脸长你肚子里!

福斯塔夫　上帝发慈悲,我的心非着火不可。

(老板娘桂克丽上。)

福斯塔夫　怎么样,母鸡帕特莱特夫人②!查出谁翻我衣兜了吗?

老板娘　哟,约翰爵士!想什么呢,约翰爵士?以为我酒店里藏贼了?我搜过,查过;我丈夫也每一个大人、每一个孩子、每一个仆人,都搜过、查过了:从前,我的店连一根头发丝的十分之一都没丢过。

福斯塔夫　老板娘,你瞎扯:巴道夫在这儿剃过头,丢了好多根头发③。我敢发誓,我衣兜被人掏过。走开,你一个女流,走。

老板娘　女流?我吗?我可不怕你。以上帝的光明起誓,在我自家的店里,从没谁敢这样骂我。

---

①火蜥蜴,一种虚构出来状如蜥蜴、在火里生活的动物。此处用火蜥蜴比喻巴道夫的酒糟鼻。福斯塔夫言外之意是:这三十二年来,你一直白喝我的酒,酒糟鼻子就是这么喝出来的。

②流行于中世纪欧洲的著名寓言《列那狐的故事》中一只母鸡的名字。

③"头发"(hair)或暗示"妓女"(whore)。

福斯塔夫	算了，我把你弄得一清二楚①。
老板娘	不，约翰爵士，你没把我弄清楚，约翰爵士。对你我倒清楚，约翰爵士：你欠我钱，约翰爵士，你现在故意跟我吵架，想赖账。我买过一打衬衫给你穿。
福斯塔夫	粗麻布，脏了吧唧的粗麻衬衫：我给了面包房的女人，她们用来做筛子②。
老板娘	唉，我是个老实巴交的女人，那可是八先令一厄尔③的上好荷兰亚麻布。不算这个，你还欠店里的钱，约翰爵士，饭钱、酒钱，加上借给你的钱，一共二十四镑。
福斯塔夫	(指巴道夫。)也有他的份儿，叫他还。
老板娘	他？哎呀！他穷得叮当响，身无分文。
福斯塔夫	怎么着？他穷？瞧他这张脸。你管什么叫有钱？他的鼻子，他的腮帮子，都肥得可以铸钱。我一分钱也不付。怎么，拿我当傻小子骗呀？难道酒店也住不踏实，非得叫人掏兜吗？我丢的那枚印章戒指是祖父传给我的，值四十马克。

① 福斯塔夫暗示：我在性事上对你一清二楚。
② 福斯塔夫指面包房里的女人把老板娘给他买的粗麻布衬衫做成了筛子，用来筛面粉。
③ 当时英国量布的长度单位，一厄尔等于四十五英寸。

老板娘	啊，耶稣！我记不清王子跟他说过多少次，那戒指是铜的！
福斯塔夫	什么！那王子就是个无赖、混混儿①。以上帝的伤口起誓，他若在这儿，敢这么说，看我不用这棍子②像打狗一样揍他一顿。

（王子与波恩斯迈行军步伐上，福斯塔夫以权杖做吹横笛③状迎接。）

福斯塔夫	怎么样，小伙子？以信仰起誓，风是往那个方向刮的吗？我们都得开步走吗？
巴道夫	没错，两两一排，"新门"④式的步子。
老板娘	殿下，请听我说。
亨利王子	桂克丽夫人，你要说什么？你丈夫近来可好？我挺喜欢他，他很本分。
老板娘	好殿下，听我说。
福斯塔夫	请，别听她的，听我说。
亨利王子	你有什么说的，杰克？
福斯塔夫	那天晚上，我在这儿的挂毯后面睡着了，被人掏了兜⑤。这家酒店成了淫窝：居然掏人兜⑥。

---

① 鄙称，泛指下贱东西，无耻、无礼的流氓、无赖、小丑。在汉语中，可通称为"混混儿"。

② 福斯塔夫手里拿着的棍子是新获军职的象征，即在军中指挥用的短杖或权杖。

③ 横笛在军乐中一般与鼓同奏。

④ 伦敦一所监狱的名字，规定犯人两人一排，戴着镣铐，列队入狱。

⑤ 或暗含性意味，指"被人夺了贞操"。

⑥ 福斯塔夫暗含的意思是：这家酒店是一处专门夺人贞操的淫窝。

亨利王子	你丢了什么，杰克？
福斯塔夫	哈尔，我说出来你信吗？丢了三四份契约，每张值四十镑，还有一枚祖父传给我的印章戒指。
亨利王子	那玩意儿不值钱，顶多不过八便士。
老板娘	殿下，我就是这么跟他说的。我说我是听殿下这么说的：再有，殿下，他说起你来，满嘴脏字，不干不净的，还说要拿棍子揍您一顿。
亨利王子	什么？他不会这么说吧？
老板娘	他若没这么说，我就是一个没信仰、不说实话、不守妇道的女人。
福斯塔夫	你的信仰比不过一颗煮梅子①，你的实话还没被追逐的狐狸②多。要说守妇道，玛丽安姑娘③跟你一比，简直可以当这儿的副区长太太。一边去，你个什么也不是的东西④，走开。

---

① 当时妓院里常吃的食物，转义指妓女。福斯塔夫讥讽老板娘的信仰不如一个妓女。

② 狐狸是一种狡猾的动物，被其他猎物追逐时，常以装死求生。福斯塔夫讥讽老板娘的实话都是骗人的。

③ 当时流行的莫里斯舞（morris dance）和五朔节（May）游戏中，一个女扮男装、名声不好的放浪角色。

④ "第一对开本"此处作"你个什么也不是的东西"。"牛津版"此处作"你这个东西"。"东西"在此暗指"阴道"。

老板娘	什么东西,说啊？什么东西？
福斯塔夫	什么东西！哎呀,一个要感谢上帝的东西①。
老板娘	我才不是什么要感谢上帝的东西,这点你得明白:我是本分人家的太太;你不顾自己的骑士身份,这样骂我,简直一个无赖。
福斯塔夫	你不顾妇道,否认自己是个东西,简直一头野兽。
老板娘	什么野兽？说出来,你个无赖,无赖。
福斯塔夫	什么野兽？嗯,一只水獭。
老板娘	一只水獭,约翰爵士！为啥是水獭?
福斯塔夫	为啥？她既不是鱼,又不是肉,男人不知到哪儿去找②她。
老板娘	你这话不地道:不论你,还是别的男人,都知道在哪儿找我,你这无赖,无赖!
亨利王子	你说得对,老板娘,他对你的诽谤太不像话。
老板娘	殿下,他连你也诽谤,那天他说,你欠了他一千镑。
亨利王子	你这家伙,我欠你一千镑?
福斯塔夫	一千镑,哈尔？一百万镑:你的爱值一百

① 在此暗指"妓女"或"阴道"。
② 此处福斯塔夫的这个"找"暗含性意味。

	万镑;你最欠我的,是你的爱。
老板娘	不,殿下,他骂你混混儿,还说要拿棍子揍你一顿。
福斯塔夫	巴道夫,这话我说过吗?
巴道夫	真的,约翰爵士,你是这么说的。
福斯塔夫	没错,——假如他说我那枚戒指是铜的。
亨利王子	我说它是铜的,现在你敢照你说的做吗?
福斯塔夫	哎呀,哈尔,你最清楚不过,假如你只是凡夫俗子,我当然敢。可你是个王子,我怕你怕得就像听小狮子吼。①
亨利王子	为什么不怕听大狮子吼?
福斯塔夫	怕国王本人才是怕大狮子吼:②你以为我怕你,像怕你父亲一样?不,那样的话,我央求上帝把我腰带弄断③。
亨利王子	啊!万一你腰带真断了,肠子全得掉膝盖上!可你这家伙,心胸根本容不下信仰、真理和诚实,——它全叫肠子塞满了。平白无故指控一个诚实女人掏你的兜!哼,

---

① "幼狮""小狮子"是《圣经》中对年少无畏的年轻人的比喻。参见《旧约·创世记》49:9:"犹大像少壮的狮子,扑取猎物,回到洞穴;它伸直身子躺卧,谁都不能惊动他。"

② "国王如狮"是《圣经》中的比喻。参见《旧约·箴言》19:12:"君主震怒像狮子吼叫。"20:2:"要畏惧王的愤怒,像惧怕咆哮的狮子;/激怒君王等于自杀。"

③ 按民间说法,腰带断乃不祥之兆。古谚云:"没腰带的不受祝福。"

你这婊子养的、恬不知耻、浑身肿胀的无赖，即便你兜里真有什么，也只能是酒店账单、妓院单据，还有一颗可怜的值一便士的糖，你靠它提升耐力。——除了这些，你兜里若有其他什么值钱东西，我就是恶棍。你还非要追究，死不认头。不丢脸哪？

福斯塔夫　　哈尔，在听我说吗？你很清楚，亚当在无罪的境况下堕落了①，可怜的杰克·福斯塔夫生在这邪恶的世道，能干什么？你见我身上的肉比别人多，便认定我比别人软弱②。你承认是你掏了我兜吗？

亨利王子　　听说是这样。

福斯塔夫　　老板娘，我原谅你了：去吧，备早餐，爱丈夫，管好仆人，善待宾客。你看，只要理由充分，我很顺从：你知道，我一向平心静气。——行了，你请便。（老板娘下。）——现在，哈尔，说说宫里的消息：那桩抢劫案，小伙子，——你怎么解释的？

---

①"无罪的状况"指亚当在伊甸园时，人类没有犯任何罪。亚当、夏娃偷吃禁果，犯下原罪，被上帝逐出伊甸园。参见《旧约·创世记》第3章。

②此处是福斯塔夫对《圣经》的活用，参见《新约·马太福音》26:41:（耶稣说）"要警醒祷告，免得陷入诱惑。你们心灵固然愿意，肉体却是软弱的。"

亨利王子	啊,我鲜美的肥牛,我永远是你的守护天使。①——抢的钱财已经退还。
福斯塔夫	啊,我不愿就这么还了;一抢一还,双倍徒劳。
亨利王子	我已跟父亲和好,什么事都能做了。
福斯塔夫	头一件事,你去抢国库,趁你还没洗手②,赶快去抢。
巴道夫	干吧,殿下。
亨利王子	我为你谋到一个军职,杰克,统领一个步兵连。
福斯塔夫	我巴不得指挥骑兵。——我上哪儿去找到一个惯偷?啊!一个二十二岁左右的贼中高手!我的装备糟透了。好了,为这些叛军感谢上帝吧。——除了有德之人,他们谁也不冒犯③。我赞美他们,称颂他们。
亨利王子	巴道夫,——
巴道夫	殿下?

---

① 参见《旧约·诗篇》34:7:"上主的天使保护敬畏他的人,/救他们脱离危险。"《新约·希伯来书》1:14:"天使是什么呢?他们都是侍奉上帝的灵;上帝派遣他们来帮助那些要承受拯救的人。"

② "洗手"是《圣经》中的意象,指摆脱罪责以求自洁。参见《新约·马太福音》27:24:犹太民众群情激愤,要求罗马总督彼拉多释放罪犯巴拉巴,高喊把耶稣钉十字架,"彼拉多看那情形,知道再说也没用,反而可能激起暴动,就拿手在群众面前洗手,说:'这个人的血,罪不在我,你们自己承担吧!'"

③ 指叛军发动的战争给盗贼和牟取暴利者提供了大好机会。

亨利王子　　　（递信。）把这封信交给我兄弟约翰，兰开斯特的约翰勋爵。这封交给威斯特摩兰伯爵。（巴道夫下。）——去，波恩斯，备马，午饭前，你和我要赶三十里路。（波恩斯下。）——杰克，明天下午两点，在内殿法律学院①大厅跟我碰面。到了那儿，你便知道自己的任务，领军饷和添置装备的命令。

　　　　　　　国土燃起战火，珀西不可一世。

　　　　　　　我们还是他们，总有一方倒下。（亨利王子下。）

福斯塔夫　　　精辟的言辞！辉煌的世界！——老板娘，快弄早饭！——啊！愿这家酒店是我的隆隆战鼓！②（下。）

---

① 伦敦一所供年轻人学习法律的律师学院。
② 福斯塔夫不愿参战，恨不能把酒店变成他将要统领的步兵连营地。

第四幕

第一场

什鲁斯伯里附近叛军营地

(哈里·霍茨波、伍斯特与道格拉斯上。)

霍茨波　　　　说得好,高贵的苏格兰人:在这叫人难以捉摸的时代,如果说真话不算奉承,那道格拉斯应得到赞美;这个时代铸造出来的军人,没有谁享有他这样的声誉。主在上,我不会恭维:我鄙弃谄媚之人。但在我心里,没有谁的地位比你更荣耀。不,你可以叫我证实我的话,你可以检验,大人。

道格拉斯　　　你才是荣誉之王:除了你,世上没有哪个对手,我不敢捋他胡子①。

(一信差手执信函上。)

霍茨波　　　　这样再好不过。——什么信?——(向道格拉斯。)可我还是谢谢你。

_____

① 指挑战之意。

信差	是你父亲的一封信。
霍茨波	他的信？他为什么不亲自来？
信差	他不能来了，大人，他病得很重。
霍茨波	该死！在这样一个交锋时刻，他还有闲工夫生病？他的军队谁指挥？谁把他的军队带这儿来？
信差	他都写信里了，我不清楚，大人。
伍斯特	请问，他是卧病在床吗？
信差	是的，大人，我出发之前，他躺了四天；到我动身时，他的病情已叫医生十分担心。
伍斯特	希望他病倒之前，已先把现状治好①：眼下他的健康至关重要。
霍茨波	现在病了！现在倒了！这个病会传染我们事业赖以生存的血液，甚至蔓延开来，危及整个军营。——他信里说，重病在身，——一时不能以他的名义把朋友们聚集起来；而且，军情大事如此紧急，除非亲自出马，无任何适当亲信可托。不过，他坚决建议我们，以联合起来的小部队继续前进，去碰碰命运如何；如他所写，现在没办法畏缩，因为国王对我们的整个意图

---

① 伍斯特言外之意是：唯愿他在病倒之前已把一切安排好。

了如指掌。——(向伍斯特。)你怎么看？

伍斯特	令尊的病对我们是个严重伤害。
霍茨波	一处危险的创伤，等于截去一条胳膊：——可说实话，不见得。他此时不来，似乎有我们看不透的微妙。——把全部身家都押上，孤注一掷，好吗？把这样一支强大军队，都掷给那一刻瞬息万变的骰子游戏，成吗？那不成；这样一来，等于我们一下子就把希望的整个底细看透了，把所有财富的全部本钱看穿了①。
道格拉斯	以信仰起誓，有这种可能。这么说，我们现在还留了一手：反正将来有希望，眼下尽可敞开了花费。留好退身步，也算个安慰。
霍茨波	如遇魔鬼、厄运作祟，我方出师不利，好有个藏身之处、避难之所。
伍斯特	不过，我还是希望此时令尊在这儿。这次起兵的特性和本质决定了，不许有任何分裂：有些不明底细的人，可能会觉得，伯爵不来这儿，是出于谋略和效忠国王，并

---

① 霍茨波在自我安慰，言外之意是，若父亲诺森伯兰带兵前来，失败了，将满盘皆输；而卧病在床，不能前来，正好可以保存一支有生力量，即使战败，也不会全军覆没，将来还有东山再起的机会。

不赞同我们的行动。试想，这样一种看法，到头来势必使胆小的追随者风头转向，在我们的行动中滋生猜忌①。你很清楚，作为挑战的一方，我们必须避开严密监视，堵上所有窥视孔，把理性的眼睛可以窥探我们的漏洞，一个不剩全堵上：令尊这次缺席，等于打开一道帷幕，向不知情的人展示了一种从未梦见过的恐惧。

霍茨波　　你太多虑了。我，倒宁愿，找他缺席的优势：——他不来，更为我们的伟大事业增添光彩，壮大声威，彰显勇气。人们必然这么想，伯爵没出手，我们就集结起一支军队，一旦有他相助，我们定将推翻王国，把它弄个底朝天。②——目前我们一切安好，胳膊腿也齐全。

道格拉斯　　不能再好了：在苏格兰，梦话里都没有"恐惧"这个词。

（理查·弗农爵士上。）

霍茨波　　弗农表兄，由衷欢迎！

---

①指诺森伯兰按兵不动，将在军中造成彼此不信任的怀疑情绪。

②《圣经》中多有对王国之间血腥战争的叙事。参见《旧约·但以理书》11:40："叙利亚王的终局快到时，埃及王将出兵攻打他。叙利亚王要动员他所有的军力，以战车、战马和舰队来反击。他要侵略许多国家，像洪水一般泛滥大地。"

弗农	阁下，愿上帝保佑我带来的消息也受欢迎。威斯特摩兰伯爵与约翰王子，共率一支七千人大军，正向此地行进。
霍茨波	这不算什么：——还有别的吗？
弗农	还有，我获悉：国王本人亲率一支装备精良、战力强悍的军队，已经或即将迅速向此地进发。
霍茨波	我也欢迎他。他儿子，那个疯癫可笑的快脚①威尔士亲王和他那些成天不干正事的伙伴们，在哪儿呢？
弗农	全装备好了，一个个身穿盔甲，头盔上插着羽毛，活像鸵鸟在风中扑棱双翼；又像刚洗过澡的苍鹰拍打翅膀；盔甲上修饰华美的纹章，像镀金的雕像②闪着亮光；像五月的节气劲头十足；像仲夏的阳光色彩缤纷；像小山羊一样嬉闹；像小公牛一样狂野。我看见年轻的哈里，——佩戴头盔，双腿护甲，戎装英姿，好像生出双翅的墨丘利③，从地上轻身一跃，跳上马鞍；——

① 据说亨利王子善跑，曾携两名随从在狩猎场不持弓箭、不带猎犬、不设陷阱，靠奔跑，徒手活捉over牛或鹿。

② 即天主教堂中的镀金雕像。

③ 罗马神话中众神的信使，形象通常描绘为头戴插着双翅的帽子，足蹬生出双翼的便鞋，行走如飞。

又像云端降临一个天使，①把烈马珀伽索斯②的马头掉来掉去，叫世人为他高超的骑术着魔入迷。

霍茨波 　别说了，别说了！你这通赞叹比三月的太阳还糟，更容易滋养疟疾③。让他们来吧。让他们身着盛装、打扮得像祭品一样来吧，我要把他们全都热烘烘、血淋淋地，献给火眼女战神④：战神马尔斯一身盔甲端坐祭坛，任凭血流涨到他的耳朵。听说如此丰美的战利品已近在眼前，却还没到嘴边，急得我如火烧身。——来，让战马载着我，疾如闪电，直奔威尔士亲王的心窝。哈里对哈里，烈马对烈马，不拼杀到俩人有一具尸首掉下马来，决不罢休。——啊，若格兰道尔来就更棒了！

弗农 　还有个消息：我骑马经过伍斯特镇⑤时，听说他两星期之内无法集结军队。

---

① 按《圣经》记载，上帝和他的天使常从云端降临。参见《旧约·出埃及记》34:5：“上主在云中降临，跟摩西站在那里，宣告他的圣名——耶和华。”《民数记》11:25：“上主在云中下降，对摩西说话。”《新约·使徒行传》1:9：“说完了这话，耶稣在他们的注视中被接升天；有一朵云彩环绕着他，把他们的视线遮住了。”

② 希腊神话中生有双翼的神马，马蹄踩过的地方有泉水涌出。

③ 指早春的太阳容易使人在依然寒冷的天气下突患疟疾。

④ 指罗马神话中的司战女神贝罗纳，战神马尔斯之妻。

⑤ 塞文河畔一城镇。

道格拉斯	这是我目前为止听到的最糟的消息。
伍斯特	唉,以我的信仰起誓,这消息听着冷如寒霜。
霍茨波	国王总共多少兵马?
弗农	三万。
霍茨波	算他四万:

　　　　　　　我父亲和格兰道尔均未领兵前来,

　　　　　　　我们的军队足以投入这惨烈激战。

　　　　　　　来吧,让我们赶紧点名集合部队:

　　　　　　　末日审判临近;死也要死个痛快!

| 道格拉斯 | 别提死。这半年来,无论死亡, |

　　　　　　　还是死神的魔手,我不再惧怕。(众下。)

第二场

考文垂附近公路^①

(福斯塔夫和巴道夫上。)

福斯塔夫　　　巴道夫,你先走,去考文垂给我灌瓶萨克
　　　　　　　酒。咱们的部队要经过那儿:今晚在萨顿
　　　　　　　科尔菲尔德^②过夜。

巴道夫　　　　队长,钱呢?

福斯塔夫　　　你付,你给我付钱。

巴道夫　　　　连这瓶酒,你总共欠我一个天使币^③!

福斯塔夫　　　真有这么多,酒瓶给你当跑腿费。哪怕它
　　　　　　　值二十个天使币,也全赏你,我担保都是

---

　　　① 或许福斯塔夫和巴道夫正率一连步兵,行走在罗马大道的沃特灵街,这是由
伦敦通往什鲁斯伯里的一条路,途经临近埃文河畔斯特拉福德的英格兰中部城市考
文垂。

　　　② 英格兰中部沃里克郡一城市,位于考文垂西北二十英里处。

　　　③ 当时英国流通的一种金币,币值在六先令八便士到十先令之间,币上的图案
是上帝的天使长米迦勒(Michael,今译迈克尔)持枪刺龙,故俗称"天使币"。

真币。命皮托副官到城边见我。

巴道夫 遵命,队长。再见。(下。)

福斯塔夫 若不为这些士兵感到丢脸,我就是一条腌鱼。我滥用国王的征兵权,拿一百五十个士兵换了三百多镑①。征兵,我只挑有钱人家的子弟,或小地主家的儿子;专门打听那些订了婚、在教堂发过两次结婚预告②的单身汉;这帮衣食无忧③的下贱货,情愿听魔鬼叫,也不肯听战鼓响;听到一声火绳枪响,他们比中过枪的飞禽、受过伤的野鸭还害怕。我征兵专拣这类尿包,他们心在肚子里,比针尖还小④,宁可出钱⑤,不愿参军。如今,我的队伍里净是些扛旗的老兵、伍长、副官、没正式军衔的文职兵,这群奴才衣衫褴褛,活像画布上被财主家的狗舔疮的拉撒路⑥。他们没人

---

① 福斯塔夫允许有钱人交钱逃避兵役。

② 英国旧时教规,男女订婚之后,须由当地牧师连续三个星期日在教堂发布预告,如无人反对,方可举行婚礼。

③ "衣食无忧"在此或暗示"性饥渴"之意。

④ 指这些养尊处优的家伙是一群怯战的胆小鬼。

⑤ 指向福斯塔夫行贿以逃避兵役。

⑥ 此处是对《圣经》的化用,参见《新约·路加福音》16:19—21:"从前有一个财主,每天衣着华丽,过着穷奢极欲的生活。同时有一个乞丐拉撒路,浑身生疮,常被带到财主家门口,希望捡些财主桌上掉下来的东西充饥,连狗也来舔他的疮。""画布上的拉撒路",指画布上描绘的财主家的狗舔拉撒路疮这一图景。

当过兵,都是些遭解雇、不老实的仆人,小弟弟的小儿子们①,从老板那儿逃跑的酒店学徒,失业马夫,这么一群祸害平静世界长久和平的寄生虫,比一面破烂不堪的旧军旗还要丢脸十倍。这就是我的兵,那些花钱免了兵役的人的缺,我得拿他们填满;你会以为,我这一百五十个破衣烂衫的浪子,刚由喂猪和吃猪食、咽糟糠的地方回来②。路上碰见一个疯家伙,他跟我说,我把所有绞架上的吊死鬼都放了下来,征的是一群尸兵。谁也没见过这类稻草人③。没二话说,我才不跟他们一起路过考文垂。——哼,这帮坏蛋行军时岔开双腿,好像拖着脚镣;确实,他们中有好多人是我从大牢里弄出来的。整支部队只有一件半衬衫,那半件还是把两块手帕缝一起,披在肩上,好像传令官的

---

①指那些没有希望继承家产的人。按英国旧俗,只有长子可以继承家产。两代以上无法继承家产,往往陷入贫苦。

②此为对《圣经》的化用,参见《新约·路加福音》15:11—32"浪子的故事":一个小儿子得到父亲一份家产后,"到了遥远的地方,在那里挥霍无度,过着放荡的生活"。当他花光了所有钱,当地发生了大饥荒,他一贫如洗,只好去给一个居民养猪,"恨不得拿喂猪的豆荚充饥"。最后,他回到家里,向父亲忏悔。父亲不仅没怪罪,反而充满爱怜地欢迎他。

③指衣衫褴褛,瘦骨嶙峋。

无袖外罩①；那一整件，说实话，是我从圣
奥尔本斯②的店主，或达文特里③的红鼻
子店主那儿，偷来的。这算什么，每家都
在篱笆上晾衣服，他们见了随便偷。

（王子和威斯特摩兰伯爵上。）

亨利王子　　　怎么样，肿胀的杰克？怎么样，肥肥的肉垫？

福斯塔夫　　　什么，哈尔？怎么样，你这调皮鬼？你跑到
　　　　　　　沃里克郡搞什么鬼？——好心的威斯特
　　　　　　　摩兰大人，请原谅：我以为尊驾在什鲁斯
　　　　　　　伯里呢。

威斯特摩兰　　是的，约翰爵士。我早该到那儿了，你也
　　　　　　　一样；但我的部队已到那里。我告诉你，
　　　　　　　国王正盼着我们：我们必须连夜赶到。

福斯塔夫　　　喷，别担心我。我的警觉性活像一只偷奶
　　　　　　　油的猫。

亨利王子　　　我看你真偷了奶油，因为你偷来的东西
　　　　　　　都把你变成奶油了。可是，杰克，告诉我，
　　　　　　　你身后这些人是谁的部下？

福斯塔夫　　　我的部下，哈尔，我的。

亨利王子　　　我从未见过这么可怜兮兮的流氓无赖。

---

① 古时武士穿在铠甲外绣有纹章或家徽的无袖外罩。
② 沃特灵街沿途一城镇，位于伦敦以北约二十五英里处。
③ 考文垂东南北安普顿郡一城镇。

福斯塔夫	啧,啧,能供人钉在枪尖上,够好了:炮灰,炮灰的命。死了填坑,跟好人没区别。咳! 伙计,人总有一死,没有不死。
威斯特摩兰	嗯,不过,约翰爵士,我瞧这些人太穷了,赤身露体①,——简直一群叫花子。
福斯塔夫	实话说,他们真穷,可我不明白他们怎么会穷到这份儿上;至于说他们瘦得皮包骨头②,我敢担保,他们丝毫没学我的样儿。
亨利王子	我敢发誓,肯定没学你的样儿,除非你把肋骨上三指厚的肥油算作瘦。可是,老家伙,赶紧吧,珀西已经到战场了。
福斯塔夫	怎么,国王到了营地?
威斯特摩兰	到了,约翰爵士。我们可别耽搁太久。
福斯塔夫	好嘞,

一次战斗的尾声和一场筵席的开始,
对一个笨士兵和嘴馋的宾客最合适。③
(同下。)

---

① 指衣衫不整,装备太差。
② 福斯塔夫故意把威斯特摩兰上句中的"赤身露体"的词义换成"瘦得皮包骨头"。
③ 此处或取自民谚:"赶上一场筵席结束,比赶上一场打架开始好。"

第三场

什鲁斯伯里附近叛军营地

（霍茨波、伍斯特、道格拉斯、与弗农上。）

霍茨波	今晚就和他①开战。
伍斯特	不大好。
霍茨波	那等于把优势拱手相送。
伍斯特	一点儿也没。
霍茨波	为何这么说？他不是在盼援军吗？
弗农	我们也在盼。
霍茨波	他的援军一定会来，我们的却未必。
伍斯特	贤侄听我一句劝，今晚别盲动。
弗农	不要盲动，大人。
道格拉斯	你们瞎出主意：说这话完全出于心虚、恐惧。

---

① 指亨利四世。

弗农	不要诽谤我，道格拉斯：以我的生命起誓，——我真敢赌上我的命，——若是经过深思熟虑的荣誉催我前进，我会跟你，大人，或任何一个还活在世上的苏格兰人一样,毫无畏惧。谁胆怯,明天战场一见分晓。
道格拉斯	好,没准今晚。
弗农	赞成。
霍茨波	我说,就今晚。
弗农	算了,算了,今晚不行。我很纳闷,像二位这等有伟大将才的人物，竟预见不到阻止我们快速行动的障碍:我堂弟弗农①的一支骑兵尚未到;你叔叔伍斯特的骑兵今晚才到:他们现在人困马乏，无精打采,一路劳顿使勇气蔫头耷脑,一个骑兵的战力都不及平常的四分之一。
霍茨波	敌军骑兵也一样,鞍马劳顿,士气低落。而我军大部已休整完毕。
伍斯特	国王的兵马超过我们:看在上帝分儿上,贤侄,等一切就绪再说。

---

① 指临近英格兰西北部斯托克波特哈拉斯通的理查·弗农爵士 (Sir Richard Vernon)。

Blunt. I come with gracious offers from the king,
If you vouchsafe me hearing and respect.
Hotspur. Welcome, Sir Walter Blunt.

Act IV. Scene III.

（军号吹谈判信号。沃尔特·布伦特爵士上。）

布伦特　　　如各位答应听，并愿意考虑，我带了国王
　　　　　　的优厚条件。

霍茨波　　　欢迎，沃尔特·布伦特爵士，愿上帝保佑
　　　　　　你与我们同心同德！我们有不少人很敬
　　　　　　重你，而就是这些人，对你的战功、威名
　　　　　　嫉恨不已，只因你不是我们同一阵营，并
　　　　　　像仇敌一样跟我们作对。

布伦特　　　只要你们僭越一步，对上不忠，反对涂了
　　　　　　圣油①的陛下，上帝就不许我改变立场！还
　　　　　　是说我的任务吧：——国王派我来了解你
　　　　　　们为何心存不满；凭什么要在国内和平的

────────────

　　　① 王权神授理论最早出现在欧洲中世纪基督教神学家的著作中，认为国王乃上帝在世间的代表，是教会的保护者。为使国王登基具有神性，罗马教皇及信奉罗马天主教各国的大主教，效仿古希伯来国王的宗教仪式"涂油"，为国王加冕，意味王权神圣不可侵犯。涂油礼在 7 世纪西班牙哥特王国(418—714)中已经采用，8 世纪法兰克加洛林王朝(751—911)的缔造者"矮子丕平"也加以采用。最著名的"涂油礼"是查理曼大帝于 800 年时在罗马，由教皇利奥三世采用"涂油礼"加冕为"罗马人的皇帝"，即神圣罗马帝国皇帝。涂油一般是以圣油涂洒在国王的前额、前胸、后背及身体其他部位。在此，"涂了圣油的陛下"，即"神圣不可侵犯的陛下"。据《圣经》记载，古以色列国王因在加冕典礼上额头须涂抹圣油，故被称为"被膏立的国王"，简称"受膏者"，意即被上帝选立的王。大卫多次说他不能加害上帝的受膏者扫罗。参见《旧约·撒母耳记上》26:9:"可是大卫说:'你不可伤害他! 谁伤害上主所选立的王，上主一定惩罚他。'"26:16:(大卫对押尼珥说)"你失败了，押尼珥! 我指着永生的上主发誓，你们都该死! 因为你们没有保护主人，就是上主所选立的王。"《撒母耳记下》1:14:"大卫说:'你怎敢杀上主所选立的王呢?'"随即命人把杀了扫罗并带着扫罗的人头来送信的那个亚马玛力人杀了。

胸怀唤起①如此深仇大恨，要把恣意放肆
的残忍教给对他恭顺的国家。假如国王对
你们的功绩有丝毫遗忘，——他承认你们
立下许多功劳，——他吩咐你们具体说出
抱怨的缘由，他会尽快满足你们的愿望，
并外加恩赏，而且，对你们和那些因受煽
动误入歧途的人，一律无条件赦免。

霍茨波　　　国王很宽容；我们深知国王懂得何时承
诺，何时兑现。我父亲、我叔叔和我，把他
现在享有的至尊王权给了他；那时候，他
身边不过二十六个随从，饱受冷遇，可怜
巴巴；一个贫穷、遭漠视的放逐之人②偷偷
回来，我父亲迎他上岸。他亲耳听见他对
上帝发誓，说回国只为继承兰开斯特公爵
之位，恳求恢复名下的土地和封号，与国
王③寻求和解；他流着无辜的眼泪，言辞恳
切，诚心可鉴，——我父亲一时心软，顿生
悲悯，立誓相助，并付诸行动。王国的贵
族、男爵④们一见诺森伯兰倾向他，差不多

---

① 此唤起有施魔法唤起之意，指给国内和平加了魔咒。
② 理查二世放逐了亨利·布林布鲁克，亨利父亲死后，亨利回国，但应由他继承的土地和封号已被理查二世剥夺。
③ 指理查二世。
④ 男爵是爵位较低的贵族。这里以"贵族、男爵们"指王国的大小贵族们。

全来向他脱帽在手、屈膝鞠躬；他们在城
镇乡村迎接他，在桥头恭候他，在街道肃
立两旁；他们当面向他献礼，发誓出手相
助，把自己的继承人送给他做随从，甚至
身穿各式各样华服盛装一路尾随。很快，
——大人物就明白自己何其尊贵，——跟
他在光秃秃的雷文斯堡①海岸向我父亲立
下誓言时的谦卑一比，野心越来越大；后
来，说真的，他开始以改革重压在国民身
上某些严厉的法令条款为己任，痛斥腐
败，似乎要为这多难之邦悲泣洒泪；单凭
这副貌似正义的面目，他赢得了想要谋取
的人心。他继而着手下一步行动：——趁
国王亲征爱尔兰之机，把国王留下来代理
朝政的所有宠臣，一个不剩全都砍了头。

布伦特　　　　　　嘖，我不是为听这个来的。

霍茨波　　　　　　马上切中要害。没多长时间，他废黜国王，
随后不久，又害死了他。紧接着，向全国
征税②；比这更糟的是，他竟狠心把他的

---

①　遭理查二世放逐的布林布鲁克（即后来的亨利四世）从法国回英格兰时在此
登陆。

②　英格兰自 1272 年到 1626 年，国王以《大宪章》为依据，征收十五分之一的税
作为国王的年度补助金。

亲戚马奇伯爵①，——假如凡提出要求的人都能得所应得之位，那他本该做他的国王②，——遗弃在威尔士当人质，拒付赎金。他向我索要战俘，把我的凯旋变耻辱；派间谍想方设法陷害我；大骂我叔叔，将他逐出枢密院；又恼羞成怒，将我父亲赶出宫廷。他毁了一个又一个誓言，干下一件又一件坏事，最终逼得我们没办法，这才起兵自卫。此外，还要追究他的王权，我们觉得他获得王位的手段太不地道，不能任其这样下去。

布伦特　　　　你要我把这些话回禀国王吗？

霍茨波　　　　不必，沃尔特爵士。我们要走开一会儿。你去回复国王，留下一个人质③，担保我们安全返回。明天一早，我叔叔会把我们的打算转告他。再见吧。

布伦特　　　　但愿你接受国王的恩典和慈爱。

霍茨波　　　　说不定会。

布伦特　　　　祈祷上帝，接受吧！(同下。)

---

① 马奇伯爵，即埃德蒙·莫蒂默。

② 霍茨波的意思是：理查二世是长房幼子，无子嗣，他死后，理应由二房的马奇伯爵埃德蒙·莫蒂默继承王位。

③ 下文提及以威斯特摩兰做人质。

第四场

约克。大主教府邸一室

(约克大主教与迈克尔爵士[1]上。)

大主教　　（递信。）快去,迈克尔爵士,火速将这封密信送
　　　　　交司仪大臣[2];这封给我弟弟斯克鲁普,其他
　　　　　信按姓名送交即可。你若知道这封信有多重
　　　　　要,一定神速送去。

迈克尔　　大人,我能猜出大概。

大主教　　八成能猜中。明天,迈克尔爵士,是考验上万
　　　　　人命运的日子。因为,爵士,我得到确切消息,
　　　　　国王亲率火速集结的大军在什鲁斯伯里与哈

———————

① 可能是一个牧师或骑士,在此"爵士"是对神职人员的尊称。
② 指亨利四世的司仪大臣托马斯·德·莫布雷(Thomas de Mowbray, 1385—1405),
四世诺福克公爵,二世诺丁汉伯爵。他的父亲托马斯·德·莫布雷(Thomas de Mow-
bray, 1367—1399)与他同名,一世诺福克公爵(1st Duke of Norfolk),因卷入导致理查
二世垮台的权力斗争,遭放逐,死于威尼斯;在莎剧《理查二世》中,因与布林布鲁克
发生争执,双方均遭理查二世放逐。

里勋爵①开战。我担心,迈克尔爵士,兵力最强的诺森伯兰有病在身;欧文·格兰道尔又兵马未到,他有一支可以倚重的生力军,却因受了不祥预测的影响,按兵不动。——珀西的军队势单力孤,恐怕一时无法与国王交战。

迈克尔　哎呀！大人,无须多虑,还有道格拉斯和莫蒂默勋爵。

大主教　不,莫蒂默没在那儿。

迈克尔　可那儿有莫达克、弗农、哈里·珀西勋爵、伍斯特大人,有一支英勇战士和高贵绅士组成的军队。

大主教　这倒不假。但国王的军队却汇聚了全国的精英将才:——威尔士亲王,兰开斯特的约翰勋爵,高贵的威斯特摩兰,勇猛的布伦特;军中还有众多声名显赫、骁勇善战的心腹同伙和高贵人物。

迈克尔　不必怀疑,大人,他将遭遇劲敌。

大主教　希望如此,担心在所难免。为预防发生最糟的情况,迈克尔爵士,快去送信;珀西勋爵一旦战败,国王势必在解散军队之前,先来找②我

---

① 即霍茨波。
② 指进攻。

们，他已得知我们与叛军结盟。因此，加强防卫，抗击国王，才是明智之举。快走吧！我必须再给其他朋友写信求援。再见，迈克尔爵士。

（同下。）

第五幕

第一场

什鲁斯伯里附近国王的营帐

（国王、威尔士亲王、兰开斯特的约翰勋爵、威斯特摩兰伯爵、沃尔特·布伦特爵士、福斯塔夫上。）

亨利四世	多么血红的太阳，开始从灌木丛生的山上凝望我们！它的病容显出白昼的暗淡。
亨利王子	南风扮演替它传递意图的号手，在树叶间吹响空洞的口哨，预告一场大风雨和一个狂暴之日的来临。
亨利四世	叫它去同情失败者吧，在胜利者的眼里似乎从没有阴沉的天气。（号声。）

（伍斯特与弗农上。）

亨利四世	怎么样，我的伍斯特勋爵？你我在眼下这种情形下见面，实在扫兴。你辜负了我的信任，使我脱下和平舒适的便装，将这把

老骨头①挤进难受的铠甲：这可不好，大人，这可不好。你有什么要说的？你愿再次解开世人痛恨的战争这个粗鲁的结吗？你愿重回忠顺的轨道，像从前一样发出美丽而自然的光，不再做一颗太阳凝气而成的彗星②，做一个可怕的怪物，做一个邪恶未来已经临头的不祥之兆吗？

伍斯特　　　　听我说，陛下：对我本人来说，能在平静时光尽享余生心愿已足。我要声明：今天这个冤仇，非我本意所求。

亨利四世　　　　非你本意所求，那它从何而来？

福斯塔夫　　　　反叛躺在路边，是他顺道发现的。

亨利四世　　　　闭嘴，乌鸦③，闭嘴！

伍斯特　　　　陛下把对我和我全家的好感移至别处，可我必须提醒你，陛下，我们是你最早、最诚挚的朋友。为你，理查④当朝时，我弄断权杖⑤，纵马星夜飞奔，半路迎你，吻你

---

①历史上的什鲁斯伯里战役发生时，亨利四世37岁，亨利王子只有15岁。该剧中，莎士比亚把这对父子的年龄写大了。

②中世纪欧洲依然相信"地心说"，认为彗星是由太阳吸收地上的水蒸气凝聚而成。同时认为，彗星为不祥之兆。亨利四世以"彗星"暗指伍斯特起兵谋反，像彗星一样不守正轨，并预兆着不幸临头。

③红嘴山鸦，或寒鸦，代指饶舌之人。

④即理查二世。

⑤伍斯特伯爵原为理查二世的宫廷总管，后辞官不做，效忠布林布鲁克。

的手;那时,你的地位、身价远不及我的
牢固、幸运。是我、我哥哥和他儿子,大胆
藐视当时种种危险,护送你回家。你向我
们发誓,在唐克斯特①发的誓,绝无半点
威胁王国的图谋,除了要求得到最近继
承的权利,也就是冈特②的财产和兰开斯
特的公爵爵位,一无所求。为你这一要求,
我们发誓出手相助。但很快,幸运像雨点
一样掉在你头上,这么多高贵的身份一下
落到你身上,——一来有我们帮助,二来
国王不在国内,加上朝政混乱造成种种弊
端,以及你明显受了冤屈,再加上逆风把
国王拖在不幸的爱尔兰战争中那么久,
以至于整个英格兰都以为他死了。——
这么多好机会一窝蜂涌来,你趁势将整
个大权一抓在手,把在唐克斯特立下的誓
言忘到脑后;你是我们养壮的,可对我们
却像布谷鸟对麻雀一样残忍③,——硬占
了我们的巢穴;你在我们喂养下长成一个

---

① 英格兰东北部一城镇。

② 即兰开斯特公爵"冈特的约翰",亨利四世的父亲。

③ 布谷鸟把蛋产在麻雀之类别的鸟的巢穴,待幼鸟长得身强力壮,将麻雀挤
走,把巢穴占为己有。

庞然大物,却弄得我们中爱你的那些人,甚至不敢走进你的视线,怕被你一口吃掉。为了自身安全,我们展开敏捷的翅膀,被迫飞出你的视线,集结起现在这支军队;我们之所以反对你,全是你自己这些因造成的果:你冷酷无情,一脸凶相,违背了我们对你的所有信任和你在起事之初向我们立下的完整誓言。

亨利四世　　的确,这些事你们在许多市场中心宣布过,在教堂诵读过,给叛乱的外衣粉饰些好看的色彩,可以取悦那些反复无常的变节者和心怀不满的穷人,他们一听到动乱、剧变的消息,便乐得张大嘴巴,暗自庆幸:叛乱总少不了给诸如此类的浅薄借口涂上点儿颜色、欺世盗名,也从不缺满腹怨怒的叫花子一心盼着天下大乱、趁火打劫。

亨利王子　　我们双方①一旦交战,将有许多人为此送命。告诉你侄子,威尔士亲王同所有世人一起颂扬亨利·珀西②:以我灵魂得救赎的名义起誓,——若不把这次兴兵作乱的

① 指国王的军队和叛军。
② 亨利·珀西,即霍茨波的父亲诺森伯兰伯爵。

账算他头上，——我认为，当今世上，没有一个绅士比他更出色、更勇敢、更刚猛、更无畏或更大胆、更能以高贵的业绩为这个时代增添荣耀。就我而言，说来惭愧，我是一个游手好闲的骑士；听说他也这样看我。但我当着父王陛下的面说过这话：——我很满意他在威名和声望上所占的优势，为避免任何一方流血，我愿经受命运的考验，与他单打独斗。

亨利四世　威尔士亲王，尽管我顾虑太多，不赞成这样，但我还是敢让你冒这个险。——不，好伍斯特，不，我深爱我的国民；即便谁受了你侄子的误导，我也照样爱；若他们愿接受我的宽恕，他和他们，还有你，对，每一个人都可以与我重新成为彼此的朋友。就这样告诉你侄子，他作何打算，再回话给我。但如果他不肯降服，我一声令下，耻辱①与可怕的惩罚就会执行各自的任务。好了，去吧。我现在不愿为答复的事烦心。我开出的条件很公平，好好考虑一下。（伍斯特与弗农下。）

---

① 意指若霍茨波执意不从，国王将使他遭受耻辱。"耻辱"亦可解作"谴责"。

亨利王子	以我的生命起誓，他们不会接受。道格拉斯与霍茨波合兵一处，两人便自信天下无敌。
亨利四世	因此，各位将领听候命令，他们一旦拒降，立即发起进攻。愿上帝善待我们的正义事业！（除亨利王子和福斯塔夫，其余众下。）
福斯塔夫	哈尔，你若见我在战场上倒下，可得横跨在我身上保护我，像这样①：这就叫交情。
亨利王子	恐怕只有巨神像②才够得上你这份交情。做祷告吧，再见。
福斯塔夫	这会儿能上床睡觉就好了，哈尔，愿一切安好。
亨利王子	那怎么行，你得死了才算还清上帝的账。（亨利王子下。）
福斯塔夫	这笔账还没到期。日子没到，我懒得还他。为什么不见他来讨，我却急着送上门儿？好吧，那无关紧要，是荣誉刺激我前进。可当我向前冲的时候，荣誉把我一笔勾掉了怎么办？那如何是好？荣誉能治好一条

---

① 福斯塔夫用身体做着动作，摆出分开两腿跨坐的姿势。战场上，一个士兵倒下，其他士兵以此加以保护。

② 据说公元前280年左右，希腊罗德岛上建成一尊巨大的太阳神阿波罗石雕像，两腿横跨入港口，进出港船只从其胯下通过，被视为古代七大奇迹之一。亨利王子或在暗讽福斯塔夫肥胖，只有阿波罗巨像能横跨他的身体。

断腿吗？不能。能治好一只断臂？不能。能解除伤痛？不能。那么,荣誉有外科手术的本事？没有。荣誉是什么？一个词儿。"荣誉"这个词儿是什么？空气。好一笔算得精准的账！——谁得了荣誉？礼拜三死的那个人。他能感觉到荣誉？不能。能听见荣誉？不能。这么说,荣誉是感觉不到的？没错,对死人是这样。但对活人,荣誉就不死吗？不。为什么？诽谤受不了荣誉活着。所以,我什么荣誉也不要。荣誉不过一件装点丧礼的纹章盾①:我的教理问答到此结束。(福斯塔夫下。)

---

① 带有家族纹章的盾,常用在丧礼上,死者埋葬后,悬挂在教堂墙上。

第二场

什鲁斯伯里附近叛军营地，后转为战场

（伍斯特与理查·弗农爵士上。）

伍斯特　　　啊，不，理查爵士，国王所提宽厚仁慈的
　　　　　　条件，千万别让我侄子知道。

弗农　　　　最好别瞒他。

伍斯特　　　那我们全得完蛋。指望国王遵守承诺善
　　　　　　待我们，那不可能，办不到。他会一直怀
　　　　　　疑我们，瞅准时机，借别的过错惩罚这次
　　　　　　冒犯。我们这辈子都会被猜忌的眼睛紧
　　　　　　盯不放；因为谋反者不过像狐狸那样被
　　　　　　信任，甭管它显得多驯顺，多受宠爱，而
　　　　　　且还锁着，也改不了祖上遗传的野性。无
　　　　　　论我们摆出一副什么表情，悲伤也好，快
　　　　　　乐也罢，都会被人误解；我们活像畜栏里
　　　　　　的牛，养得越肥，宰得越快。我侄子的过

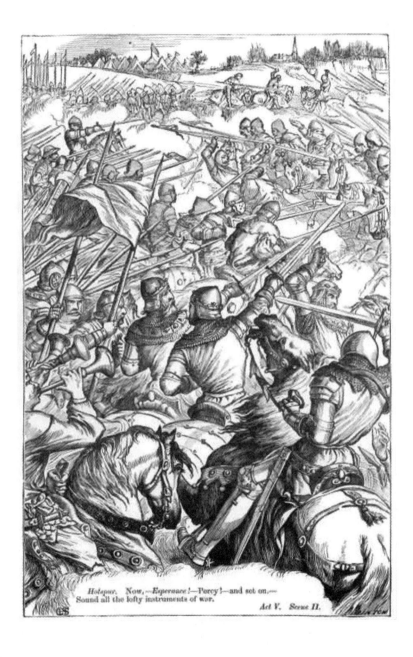

Hotspur. Now,—Esperance!—Percy!—and set on,—
Sound all the lofty instruments of war.

Act V. Scene II.

错倒容易忘掉，——理由是年轻气盛、心血来潮；这是他那个"暴脾气"①绰号享有的特权，——可归因于头脑冲动，受了一股暴脾气的支配，而把他的所有罪过全记在我和他父亲头上②：是我们把他引入歧途，他的罪过出自我们教唆；作为一切罪过之源，一切罪责由我们偿还。因此，好兄弟，无论如何，不要让哈里知道国王提出的条件。

弗农　　　随你怎么说，我附和便是。你侄子来了。

（霍茨波与道格拉斯上。）

霍茨波　　我叔叔回来了。——把威斯特摩兰伯爵③放喽。——叔叔，有什么消息？

伍斯特　　国王要立刻与你交战。

道格拉斯　叫威斯特摩兰大人带话回去，我们应战。

霍茨波　　道格拉斯伯爵，你去，把这个答复告诉他。

---

①　指在一股强大情绪驱使下产生莽撞冲动的行为。

②《圣经》中强调人的罪责自负。参见《旧约·诗篇》7：16："他要因自己的邪恶被惩罚，/因自己的暴行受伤害。"《约书亚记》2：19："如果有人走出这屋子，他被杀是自己的错，不是我们的错；如果有人在你家里受伤害，罪就归我们。"《撒母耳记上》25：39："大卫听说拿霸死了，就说：'赞美上主！他为我报了拿霸侮辱我的仇，而且使我——他的仆人没有做错事。上主因拿霸的恶行惩罚了他。'"《撒母耳记下》1：16："大卫对亚玛力人说：'你罪有应得！你承认杀死上主选立的王，无异替自己定了死罪。'"《约珥书》3：4："你们想向我报复吗？如果是，我很快就要向你们报复。"本剧第五幕第四场，福斯塔夫说"就让论功行赏的人把罪过压自己脑袋上"，也是罪责自负之意。

③　威斯特摩兰作为人质被扣押，以确保伍斯特平安返回叛军营地。

道格拉斯	以圣母马利亚起誓，我去，非常乐意。（道格拉斯下。）
伍斯特	国王显然毫无宽恕之心。
霍茨波	你乞求他宽恕？上帝不准！
伍斯特	我把我们的不满和他如何违背誓言，未失尊严地向他申诉，他竟改口说，他发的假誓，没有言而无信。他骂我们反贼、叛徒，要用士气高昂的大军鞭打我们这个可恨的家族。

（道格拉斯上。）

道格拉斯	准备战斗，先生们，准备战斗！我已把一份勇敢的挑战扔进亨利王嘴里，叫人质威斯特摩兰带话回去，他没有选择，我必会迅速出战。
伍斯特	侄子，威尔士亲王还向国王提出挑战，要跟你单打独斗。
霍茨波	啊！愿这场争斗只在我们俩之间，只有我和蒙茅斯的哈尔①生死一战，再没有人在这场战斗中死于非命！告诉我，告诉我，他怎么挑战的？口气里带着轻蔑吗？
弗农	以我的灵魂起誓，无半点轻蔑之意。除兄

---

① 亨利王子的出生地，位于英格兰与威尔士的边境。蒙茅斯的哈尔乃亨利王子的别称。

弟之间礼让三分的交手练习、切磋武艺之外，如此谦恭的挑战，我平生闻所未闻。他给了你一个男人应得的所有尊重，以王子的口吻对你赞不绝口，谈起你的功劳像说一部编年史，因为你的功劳远超他的赞美，任何赞美都贬低了你的功劳。他的确像个王子，谈到自己不无羞愧，以一种平静的语气责骂自己年少荒唐，好像他同时拥有了两个自己，既是老师，又是学生。他就说到这儿。但我要昭告世人：——倘若他活过今天这场恶战，哪怕他的放荡那么遭人误解，英格兰从未有过如此甜美的一个希望。

霍茨波　兄弟，我看你是被他的放荡迷住了：我从未听说有哪个王子像他那样瞎胡闹，简直无法无天。但不管他怎样，只要今晚之前，我用一个军人的臂膀拥抱他一次，他就会被我的礼遇压垮。——快拿起武器，准备战斗。——伙计们，士兵们，朋友们，你们最好把自己该干什么想清楚，别指望我激励斗志，我天生没这么好的口才！

（一信差上。）

信差	大人，这儿有你几封信。
霍茨波	我现在没空看信。——啊，先生们，人生短暂！即使生命骑在时针上一个小时就结束，若活得卑贱，也无比漫长。只要活着，我们就把君王踩在脚下[①]；死，也死得光荣，与王公贵族同归于尽！现在，凭良心说，——既然为正义而战，武器就是我们的正义。

（另一信差上。）

信差	大人，做好准备，国王的军队正飞速开来。
霍茨波	感谢他突然打断我。我承认自己不善辞令。一句话：——每个人拼尽全力。我拔出这把剑，要在今天凶险的时刻冒死一战，用最高贵的鲜血染透剑锋。现在，——希望！[②]——珀西！——出发。——吹响高昂的号角，让我们在乐声中拥抱，因为，我敢拿天地打赌，我们中有些人再不会有这样的礼遇。（军号响，众人拥抱，同下。）

---

　　① 用脚踩或践踏敌国君王的事《圣经》中多有描述。参见《旧约·诗篇》60：12："上帝与我们同在，我们一定胜利；/ 他把他们的仇敌踩在脚下。"《约书亚记》10：24："约书亚召集所有的以色列人来，吩咐那些跟从他去打仗的军官，用脚踩在那五个王的脖子上，他们就照着做了。"

　　② 在此，"希望"用的是法语 espérance。"希望"是珀西的家族座右铭。

第三场①

两军营地之间的平原

(大战的军号吹响。国王率军队上，过场下。战斗警号。道格拉斯与装扮成国王的沃尔特·布伦特②上。)

布伦特　　你是何人？战场上为何对我穷追不舍？想在我头上捞取什么荣誉吗？

道格拉斯　那听好！我叫道格拉斯。战场上之所以对你紧追不放，是因为有人告诉我，你就是国王。

布伦特　　说得不错。

道格拉斯　斯塔福德勋爵③一身你的打扮，使他先替你，哈里国王，付了巨大代价，死在我的剑下：现在轮到你了，不投降当俘虏，死

---

① 在"第一对开本"中，此处未分场。
② 布伦特扮成国王，为做诱饵，使叛军误以为他就是国王。
③ 斯塔福德勋爵，另一位装扮成国王的贵族。

路一条。

布伦特	你这傲慢的苏格兰人,我生来不会投降,你面前是一位要替斯塔福德勋爵复仇的国王。(二人交战,布伦特被杀。)

(霍茨波上。)

霍茨波	啊,道格拉斯,你若在霍尔梅敦作战如此勇猛,我连一个苏格兰人也赢不了。
道格拉斯	大战结束,胜局已定,断气的国王躺在这儿。
霍茨波	哪儿?

(道格拉斯这儿。)

霍茨波	道格拉斯,这个吗? 不,这张脸我太熟了:他是个勇敢的骑士,叫布伦特,全身的装束和国王一样。
道格拉斯	啊,你的灵魂无论到哪儿,都是傻瓜! 你为一个借来的名义付出巨大代价: 你干吗跟我说你是国王呢?
霍茨波	国王命许多手下穿了跟他一样的罩袍①。
道格拉斯	此刻,以这把剑起誓,我要把所有穿他罩袍的人杀光;把他衣柜里的衣服一件一件消灭干净,遇不见国王不罢休。

---

① 带有皇家纹章的没有袖罩的甲衣。

霍茨波	起来①，走吧！看来我们的士兵这一仗打赢了。（同下。）

（警号。福斯塔夫独上。）

福斯塔夫	尽管我在伦敦喝酒从不付账，却怕在这儿算账②：这儿没有一笔账不是记在脑袋上。——慢着！你是谁呀？沃尔特·布伦特爵士：你荣誉加身啦！这绝不是虚荣！——我浑身热得像熔了的铅，又身重如铅块：上帝保佑，可别把铅子儿③弄我身体里！我这一肚子肠胃够重了，无需再添分量。——我把那帮叫花子兵④带上战场，全死了：一百五十人，没三个活的，他们只能露宿城郊，——一辈子讨饭吃。——谁来了？

（亨利王子上。）

亨利王子	怎么，你在这儿闲待着？把你剑借给我。许多贵族僵硬地躺在骄横敌军的铁蹄之下，杀身之仇未报。请你，把剑借给我。
福斯塔夫	啊，哈尔，请你叫我喘口气儿。——土耳

---

① 此时，应是道格拉斯下了马，细看布伦特的脸。

② "算账"（shot）与"被子弹射杀"（即挨枪子儿）双关。

③ 即子弹。福斯塔夫让这些叫花子兵去送死，为的是私吞士兵的军饷。

④ 即福斯塔夫所率衣衫褴褛的一连步兵。

	其人格里高利①从没有我今天这样的战功。我跟珀西清了账，把他弄死了。
亨利王子	他还活着，真的，他会杀了你。请你把剑借给我。
福斯塔夫	不，上帝保佑！哈尔，如果珀西活着，你更不能把我的剑拿走；如果你要，我把手枪给你。
亨利王子	把枪给我：怎么，在枪套里？
福斯塔夫	是的，哈尔，它还热乎呢，热乎呢②，可以毁了③一座城市。

（亨利王子从福斯塔夫的手枪套里抽出一瓶萨克酒。）

亨利王子	怎么，现在是开玩笑、瞎胡闹的时候？

（亨利王子下。临走，把酒瓶扔在福斯塔夫面前。）

福斯塔夫	要是珀西没死，我就一剑刺穿④他；要是他撞我手里，我就这么给他一剑⑤；要是他没遇上我，我却主动送上门，就让他把

---

① 出于宗教原因，中世纪欧洲把作战勇猛的土耳其人视为"凶残的野蛮人"。这里的格里高利，可能指罗马教皇格里高利七世（Pope Gregory Ⅶ，1021—1085），也可能指格里高利十三世（Pope Gregory ⅩⅢ，1502—1585）。两位教皇都不是土耳其人，均以残暴著称。在此，福斯塔夫信口胡言，为自我吹嘘，故意把"土耳其人"和"格里高利"说成一人。

② 福斯塔夫在此用"热乎"，既指手枪因频繁射击叛军，导致枪管发烫，变得"热乎"，又指他枪套里的"萨克酒"度数高，喝肚子里"热乎"。

③ 福斯塔夫在此故意用"毁了"一词，既指"萨克酒"，又有"洗劫""摧毁"之意。

④ "刺穿"（pierce）与"珀西"（Percy）发音相近。

⑤ 此处，福斯塔夫应是边说边做出挥剑一刺的动作。

我切成片做烤肉得了。我不喜欢沃尔特
爵士得到的这种面目狰狞僵死①的荣誉。
我要活命：能保命，就保；保不了命，荣誉
不找自来，死了拉倒。（下）

---

① 指沃尔特爵士死时龇牙咧嘴、面目狰狞的僵死表情。

第四场

两军营地之间的平原

(军号齐鸣。两军交战,过场。国王、负伤的亨利王子、兰开斯特的约翰勋爵、威斯特摩兰伯爵上。)

亨利四世　　哈里,请你撤下去吧,你流血太多了。——兰开斯特的约翰勋爵,你跟他一起去。

约翰亲王　　我不下去,陛下,我又没流血。

亨利王子　　恳求陛下速回战场,以免朋友们见你撤退惊慌失措。

亨利四世　　我这就去。——威斯特摩兰大人,你带他回营帐。

威斯特摩兰　走吧,殿下,我带你回营帐。

亨利王子　　把我带回去,大人? 你甭帮我:上帝不允许一道浅浅的擦伤就把威尔士亲王逐出战场。此刻,战场上满身血污的贵族倒下横遭践踏,叛军却正在屠杀中取得胜利!

约翰亲王	我们歇太久了。——走吧，威斯特摩兰老兄，我们的任务在这边。看在上帝分儿上，走吧。（约翰亲王与威斯特摩兰同下。）
亨利王子	主在上，兰开斯特，你骗了我。没想到你有如此胆气：约翰，以前我爱你如兄弟；而今，我敬你像我的灵魂一般。
亨利四世	我亲眼见他与珀西勋爵刀剑相对，想不到一个尚未成熟的战士那么有力量①。
亨利王子	啊，这孩子使我们每个人勇气倍增！

（战斗警号。道格拉斯上。）

道格拉斯	又一个国王！多得像海德拉的脑袋②一样砍不完：我道格拉斯，要杀光所有穿这种国王罩袍的人。——你是谁，竟来扮演国王？
亨利四世	我就是国王。道格拉斯，你见了那么多国王的影子，却没遇见国王本人，我为你难过。我两个孩子在战场上到处找珀西和你：不想你如此幸运，遇见了我。我要挑战了，准备招架。
道格拉斯	我怀疑你又是一个冒牌货，不过，说实话，

---

① 历史记载，约翰亲王当时年仅13岁。

② 希腊神话中的多头妖怪，大力神赫拉克利特与它作战，砍掉它一个头，它马上长出两个头。

你举止倒真像一个国王；但不管你是谁，肯定是我的战利品；我赢定了。（二人交战。国王处于险境。）

（亨利王子上。）

亨利王子　　　　卑贱的苏格兰人，抬起头来；否则，再也抬不起头！勇敢的夏尔利①、斯塔福德和布伦特的英灵，把勇气注满我双臂；来索你命的是威尔士亲王，他从不许愿，只管清账②。（二人交战。道格拉斯败逃。）——陛下，打起精神：感觉还好吗？——尼古拉斯·高休爵士派人来请求增援，克里夫顿也派人来了：我这就去克里夫顿那儿。

亨利四世　　　　等一下，歇口气。——你已挽回失去的名誉，这次你救了我的命，表明你对我还有几分关心。

亨利王子　　　　啊，上帝！他们把我害惨了，说我巴不得你死。如果真这样，我完全可以任由道格拉斯对你痛下杀手；那会像世上所有毒药一样迅速要你命，省得你儿子背信弃义。

亨利四世　　　　你去增援克里夫顿；我去增援尼古拉斯·高休爵士。（亨利四世下。）

---

① 亨利四世手下一位将军，在剧中未直接出场，死于两军交战。

② 意思是：只管索命。

（霍茨波上。）

霍茨波　　　　要是我没认错,你就是哈里·蒙茅斯。

亨利王子　　　听你这口气,我好像讨厌自己的名字。

霍茨波　　　　我叫哈里·珀西。

亨利王子　　　哈,那我眼前便是叫这名字的勇敢的反
　　　　　　　贼。我是威尔士亲王。珀西,休想再跟我
　　　　　　　争抢荣誉;一条天轨容不下两颗行星,一
　　　　　　　个英格兰也不能容忍珀西和威尔士亲王
　　　　　　　的双重统治。

霍茨波　　　　不会的,哈里,因为你我一决生死的时刻
　　　　　　　到了;愿上帝保佑你在军中像我一样赫赫
　　　　　　　有名!

亨利王子　　　与你分手之前①,我会更具威名。我要把
　　　　　　　你盔顶所有含苞待放的荣誉②都割下来,
　　　　　　　编成一只花环戴我头上。

霍茨波　　　　我再不能容忍你这些空洞的大话。（二人
　　　　　　　交战。）

（福斯塔夫上。）

福斯塔夫　　　打得好,哈尔! 打呀,哈尔! 不,听我说,这
　　　　　　　儿找不着孩子玩的游戏。

---

① 意思是:到我杀死你的那一刻。
② 指霍茨波头盔上标志他骑士荣誉的装饰物。

(道格拉斯上,与福斯塔夫交战,福斯塔夫倒地装死。道格拉斯下。)

(亨利王子重伤珀西。)

霍茨波　　　啊,哈里,你夺去了我的青春! 比起你赢走我那些高贵的荣誉,我更愿忍受失去脆弱的生命。你的剑伤了我的肉体,你赢走我的荣誉却伤透我的心:——不过,心是生命的奴隶,生命是时间的弄臣;而时间,统揽世间万物,到底终有尽头。①啊,我可以预言②,但泥土③和死亡之神冰冷的手压住我的舌头。——不,珀西,你是尘土,你是食物给——(死去。)

亨利王子　　给蛆虫吃,④勇敢的珀西。再见吧,伟大的心灵! ——粗劣的野心,你萎缩得多厉害! 当这躯体包着一颗灵魂时,给它一个王国,它还嫌小得容不下;可如今,给它两步最脏的泥土便够大了:——负载你

---

①　参见《新约·启示录》10:5—6:"这事以后,我所见过站在海上和地上的那天使向天举起右手,指着那创造天、地、海,和其中万物的永生上帝发誓说:'不会再延迟了。'"

②　按传统习俗,人们相信临死之人有预言未来的能力。

③　霍茨波预感自己将被泥土埋葬。

④　《圣经》以为,人是尘土的造物,死后复归尘土,成为蛆虫的食物。参见《旧约·创世记》3:19:"你要工作,直到你死了,归于尘土;因为你是用尘土造的,你要还原归于尘土。"《约伯记》21:26:"但两种人都一样地死,被埋葬在尘土里,/ 一样被蛆虫掩盖着。"《传道书》3:20:"两者都要归回尘土;他们从哪里来,也要回哪里去。"《以赛亚书》51:8:"因为蛀虫会像咬衣服一样吃掉他们;/ 蛆虫像咬羊毛一样吃掉他们。"

尸体的这块土地，从未负载过如此勇敢的猛士。假如你能感到我的礼仪，我倒不会对你由衷赞赏：——但让我用纪念物①盖上你血肉模糊的脸；甚至我要以你的名义，感谢我这一番柔情、体面的仪式。（用带有骑士标志的饰物遮上霍茨波的脸。）再见，把对你的赞美带到天国去吧！不把你的耻辱刻进墓志铭，愿它在墓穴里长眠！（见福斯塔夫躺在地上。）——怎么，老熟人？这么大一堆肉还保不了一条小命吗？可怜的杰克，再见！死一个比你更好的人，我都不会这么难过。啊，假如我真那么喜欢浮华，我对你会有一种沉重的②想念。

> 这血腥一战，更高贵之人死了无数，
> 死神今日却还没猎到如此一头肥鹿。
> 你先同高贵的珀西并排躺在血泊里，
> 过不多久，我差人来给你开膛破腹。③

（亨利王子下。）

（福斯塔夫从地上爬起。）

福斯塔夫　　　　开膛破腹！要是今天挖出我五脏，明天就

---

① 指骑士头盔上的纪念物，如长羽毛或丝带之类。
② 暗讽福斯塔夫肥胖，身子重，将导致亨利王子的想念也变得"沉重"。
③ 人死后开膛破腹，取出内脏，涂上香料和药，以更好保存尸体。

得让你撒上盐吃喽。以上帝的血起誓，多
亏我刚才装死，否则那个暴烈野蛮的苏格
兰人非把我清算①了不可。装死？我说了
谎，我没装死；死了，才是假装，因为死人
没了活的生命，还假装是个活人。但一个
人装死，而得以不死，便不是装死，这恰
是货真价实完美的生命形象。随机应变
是大勇，我凭着大勇保住了命。虽然这个
火爆脾气的珀西死了，我还是怕他。万一
他也装死，一家伙站起来，怎么办？我是
怕他比我更会装死。所以，我得在他身上
确认一下；对，我要发誓，是我杀了他。他
为啥不能像我一样站起来？只有亲眼看
见的人才能反驳我，没人看见我。因此，
小子②，（用剑刺。）带着你大腿上的这道新
伤，跟我走吧。（背起霍茨波。）

（亨利王子与兰开斯特的约翰勋爵上。）

亨利王子	来，约翰弟弟，你在战场初试剑锋便杀得如此英勇。
约翰亲王	等一下！这是谁？你不是跟我说这个胖子死了吗？

---

① 即杀死。
② 这里是表示鄙视不敬的称谓。

亨利王子	是我说的;亲眼见他断了气,倒在血泊里。——(对福斯塔夫。)你活着吗?或是幻觉在耍弄我的视力?请开口说话。若非亲耳听见,我们不相信自己的眼睛。——怎么看怎么不像你。
福斯塔夫	不,千真万确,我不是双身人①:但我要不是杰克·福斯塔夫,那就是瘪三②。这是珀西:(扔下尸体。)随你父亲赏我什么荣誉,都行;若不赏,再来一个珀西,让他自己杀去。我向你保证,我巴望着要么封个伯爵,要么封个公爵。
亨利王子	嘿?我亲手杀了珀西,亲眼见你死了。
福斯塔夫	你杀的?——主啊,主啊,怎么世人都热衷撒谎!——我承认,我倒在地上,喘不过气来;他也一样。可是后来,我们俩同时从地上爬起来,按什鲁斯伯里的时钟③算,又激战了足足一个钟头。要信我说的,就信;要不信,就让论功行赏的人把罪过压自己脑袋上。就算快死了我也发誓说,

---

① 福斯塔夫指自己背着霍茨波。有注释本将此解作"幽灵"。

② 福斯塔夫别名"杰克·福斯塔夫",而俚语中的"杰克"有瘪三、流氓、无赖之意。此句是福斯塔夫在玩文字游戏。

③ 此处可能实指什鲁斯伯里教堂的时钟,也可能只是象征说法。

	他大腿上的伤是我刺的；要是他活过来矢口否认，以上帝的伤口起誓，叫他再吃我一剑。
约翰亲王	这是我听过的最怪异之事。
亨利王子	约翰弟弟，这家伙是最怪异之人。——（对福斯塔夫。）来，体面地背上你的行囊①：对我来说，若一句谎言能带给你荣耀，我愿用最动听的谎言为你添彩。（收兵号响。）——收兵号吹响，这一仗我们赢了。——走，弟弟，到战场最高点看一眼：我们的朋友们哪些活着，哪些已经送命。（亨利王子与兰开斯特勋爵下。）
福斯塔夫	我得跟着去，如人们所说，去了讨赏。谁赏我，上帝赏谁！等我又变得伟大了，得把身子瘦下来②，因为，我要忏悔③，戒掉萨克酒，像贵族似的活得干干净净。（下。）

---

① 即霍茨波的尸体。
② "把身子瘦下来"的言外之意是成为强有力的贵族。
③ 此处"忏悔"有改过自新、洗心革面、净化自己、重新做人之意。

第五场

战场的另一部分

（军号齐鸣。国王、威尔士亲王、兰开斯特的约翰勋爵、威斯特摩兰伯爵及余众上；战俘伍斯特与弗农上。）

亨利四世　　　　反叛终将受到这样的惩罚。——邪恶的伍斯特，难道我没向你们表达宽仁之心、饶恕之情和仁慈之爱吗？你为何把我的好意颠倒过来？为何滥用你侄子对你的信任？今日一战，我方除三位骑士、一位高贵的伯爵阵亡，还死了好多人，假如你像基督徒一样在两军之间如实传递信息，他们本该活着。

伍斯特　　　　我这么做，是为了自身安全；既然命运落在我身上无可避免，我欣然接受它好了。

亨利四世　　　　将伍斯特押下去处死，还有弗农；其他反贼如何处置，我再考虑一下。（伍斯特与弗农被押下。）——战况如何？

亨利王子　　那高贵的苏格兰人道格拉斯，眼见这一
　　　　　　仗命运反转，高贵的珀西被杀，手下士兵
　　　　　　全都惊慌溃逃，——只好同剩下的人一
　　　　　　起逃命；他从山上跌下来，受了伤，被追
　　　　　　兵擒获。道格拉斯现在在我的营帐，如何
　　　　　　处置，恳求陛下由我决定。

亨利四世　　满心同意。

亨利王子　　那好，兰开斯特的约翰弟弟，这一宽宏大
　　　　　　量的光荣使命由你完成：去道格拉斯那
　　　　　　儿，把他放了，让他安心地走，不要赎金，
　　　　　　还他自由——他在今日一战中表现出的
　　　　　　勇敢，教会我们如何敬重如此高贵的行
　　　　　　为，哪怕这一行为来自我们的对手。

约翰亲王　　多谢殿下委以崇高的恩惠，我立刻传达
　　　　　　给道格拉斯。①

亨利四世　　还有一事，——我们需要分兵行动：——
　　　　　　你，我儿约翰，和威斯特摩兰老弟，以最
　　　　　　快速度赶往约克，迎战诺森伯兰和斯克鲁
　　　　　　普大主教，我听说他们正忙着备战；我，
　　　　　　——还有你，我儿哈里，——前往威尔士，

---

① 约翰亲王的这句台词在"第一对开本"中没有，它出现在"四开本"。

迎战格兰道尔和马奇伯爵。

再有一场今日之惨败，

国内叛军将无路可走；

既然这一仗顺利得胜，

全局未定，绝不休兵。（同下。）